Fan

ファン文庫

おいしい逃走《ツアー》！ 東京発京都行

謎の箱と、SA《サービスエリア》グルメ食べ歩き

著　桔梗楓

マイナビ出版

Contents

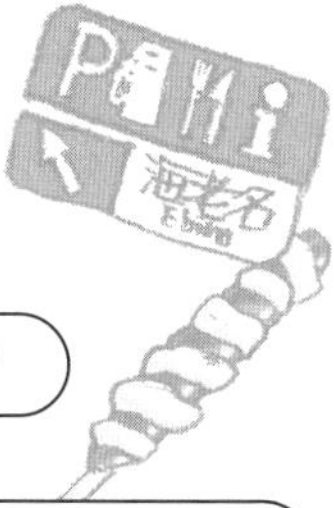

イラスト／マキヒロチ

プロローグ 〜始まりは東京で〜

黒いテーブルに、乱雑な仕草で指示書が置かれた。

松川《まつかわ》利美《りみ》は、白い封筒を片手に、それをゆっくりと見おろす。

「仕事の詳細だ。すでに担当が動いてるから、明日そいつに連絡して適当にやってくれ」

名刺が一枚置かれる。それは利美と同じ会社の名刺だった。

「……本当に、これが最後なんですね？」

利美は無表情で、目の前の男に聞いた。よれたワイシャツにくたびれたネクタイ。さらに煙草を咥《くわ》えた中年の支店長、目黒浩司《めぐろこうじ》は「ああ」と頷《うなず》く。

「約束する。この仕事で終わりだ。きちんとやり遂げたら、それを受け取ってやる」

咥え煙草を外し、その煙草で利美の持つ封筒を示した。彼女はようやく覚悟を決め、テーブルに置かれた書類と名刺を手にして足早に事務所から去る。

残された男、目黒は、静かに煙草を吸うと灰皿でねじり消した。そして事務所の窓から雑然とした都会の夜景を眺める。

利美が持っていた白い封筒には〝辞表〟と書かれてあった。

生真面目な彼女が苦悩した末に出した結論だということは、聞かなくてもわかる。

「人手不足だし。そう簡単に辞められても困るんだが……なあ」

小さくため息をついた目黒はガシガシと頭を掻き、胸ポケットから使いこまれた携帯電話を取りだした。

「これで少しは、松川も変わるといいんだが」

アドレス帳から連絡先を選び、電話をする。その相手は利美に渡したばかりの名刺の主だった。

最後の仕事と、謎の箱

利美は大手旅行会社『クレール・トラベル』に勤める社員で、今年二十五歳になる。大手と言えば聞こえがいいものの、実際の勤め先は小さな支店であり、とくに給与や待遇がいいわけではない。

旅行業界は花形と言われていた時代もあったが、昨今は不況ということもあり、普段は代理店を回って安価なパッケージツアーを営業する傍ら、客の要望に応えて旅行プランを作成したりチケットや宿泊施設の手配をするといった、地味な仕事も多い。

目黒の指示を受けた利美は、さっそく次の日の朝、雑然とした事務所の中で名刺の携帯番号に電話をかけた。

彼女以外の営業は、外回りに出かけたり個人旅行のツアープランを作成したりと、今日もそれぞれの仕事を始めている。壁にかかっている時計を見れば始業時間の九時を過ぎていて、窓から爽やかな朝日が差していた。今日は初夏並みの暑さになると、朝のニュースで言っていたことを思いだす。

利美は、機械的な呼び出し音を聞きながら名刺を眺めた。――常盤《ときわ》真《まこと》。役職は営業主任。同じ支店の先輩であるはずなのに、彼女は彼のことをよく知らなかった。入社後に顔合わせの挨拶を交わして以来、ほとんど話したことがないからだ。

彼とは電話で打ち合わせはするものの、共に仕事をしたことは一度もなかった。

「はい。常盤です」

唐突に呼び出し音が消え、男性の低声が聞こえてきた。利美はまっすぐなミディアムボブの髪を耳にかけ「お疲れさまです」と返す。

「昨日、目黒さんから常盤さんの仕事に加われと指示されました。松川です」

「ああ、話は聞いてる。俺、今日も外だから、こっちまで来てくれるか?」

「わかりました」

常盤の居場所を聞き、メモを取る。用件を済ませた利美はスマートフォンをポケットに仕舞い、てきぱきと外出の準備をし、ホワイトボードに『打合せ外出』と書いた。

「伊倉《いくら》さん、私はこれから外出しますので、代理店からファックスがきたらメールをお願いします」

「はーい!」

伊倉実加《みか》はこの会社で一般事務を務めている女性だ。小さな支店なので、経理から営業事務までのデスクワークを一手に担っている。他には少人数向けの旅行担当の営業、団体旅行担当の営業、パッケージツアーなどを企画するツアープランナー、そして支店長というメンバーで構成されており、実際にツアーに同行する添乗員などは本社が提携する人材派遣会社に依頼している。

利美は少人数向けの営業で、常盤は団体旅行の営業とツアープランナーを兼任しているので、仕事内容が大きく異なる。

「そういえば、伊倉さんは常盤さんと話したことありますか？　私、ここにきてからほとんど話したことがないんですよ」

ふいに気になって聞いてみる。伊倉は「そうなんですか？」と驚いた顔をする。

「たしかに常盤さんは、あまり事務所に顔を出さない人ですから、機会がないのも仕方ないかもしれませんね。五年前、本社からウチにきたんですよ。もとはやり手のツアープランナーだったそうです」

「へえ……。どうしてウチに？」

「さあ。でも、仕事はすごくできる人ですよ。常盤さんのつくったプランはいつも人気があって、業績が傾いていたウチが持ちなおしたくらいですからね。稼ぎ頭みたいなもんです。松川さんも営業していて、すすめやすいって思いませんでしたか？」

たしかに常盤が手掛けたプランは魅力的でおもしろいツアーが多く、目新しい観光地やレジャーの提案など、世間のニーズを理解した商品であることが多い。流行《はや》りの波に乗るのがおそろしくうまいと、仕事をしながら思っていた。

利美が勤めるのは、業績が悪ければいつでも引きあげられてしまうくらいの、吹けば飛ぶような小さな支店だ。しかし本社は、並大抵の学歴や成績では入れない、エリート揃いと聞く。

そんな所で働いていたというエリートが、なぜウチに？　いったい、どんな人間なのだろう？

利美はビジネススーツの上着をばさりと着て、常盤が待つ場所へと急いだ。

待ち合わせの場所は、とあるファミリーレストラン。店に入ると、利美に背中を向けてノートパソコンを開く、見覚えのある男がいた。

「お疲れさまです」

声をかけると、男は「ああ」と返事をして顔をあげる。たしか利美よりも二、三歳上だったはずだ。

こんなにかっこいい人だったっけ？　利美は内心首を傾げた。

スーツの上着は着ておらず、白いワイシャツを腕まくりしていて、ダークグレーのスラックスに黒い革靴。一重の目元は涼しげで、顔のつくりは平均よりも上。少し鋭い目つきが若い女の子に人気がありそうで、お世辞抜きで〝かっこいい〟と言われるレベルだろう。

やや軽薄そうな雰囲気があるのは、髪が明るい茶色だからか。ざっくりと横分けにされた長めの短髪がよく似合っている。

「松川さん、改めまして常盤です、よろしくね。まあ、そこに座ってくれる？」と言って、テーブルをはさんだ向かい側をスッと指さす。利美は素直にソファへ座った。

「松川で結構です。私は新参者で、入社してまだ一年ですから」

「そうか。目黒さんから聞いたけど、もとは本社の派遣社員で、添乗員をやっていたんだって？」

「はい、四年ほど勤めていました」

訥々《とつとつ》と話す利美は愛想がひとつもなく、硬い表情を浮かべている。まるで面接試験のような返答をする利美のそばに、ウェイトレスが水を置いた。

「あっ、すいません。ドリンクバーを追加でお願いします。松川はなんか食べるか？」

「……いえ。まだお昼には早いですし」

利美は視線をメニュー表に移したが、すぐに首を横に振る。一瞬、いちごデザートフェアに目が奪われた。しかし仕事中だからと自分を律する。ウェイトレスの案内をひととおり聞いたあと、利美は常盤と共にドリンクバーへと向かった。

常盤はホットコーヒーのおかわりをしている。利美は少し考えてから、カフェラテをカップに注ぎ、キャラメルソースをくるくるとかけた。

「甘党？」

「そうですね。甘いものは好きです」

「へえ、じゃあワッフルとか頼めばよかったのに。最初くらい奢《おご》るぞ？」

「仕事中ですので。でも、気を遣ってくださってありがとうございます」

テーブルに向かいながら礼を口にすると、隣で常盤が「いえいえ」と笑った。利美が想像していたよりもずっと気さくで話しやすい。旅行業界は基本的に接客が多いので、愛想がなければ成りたたない仕事ではあるのだが。

愛想の足りない利美はもとの席につき、カフェラテをこくりと飲む。向かいに常盤も座ると、コーヒーを口にしてから「さて」と声をかけてきた。

「さっそく仕事の話だが、概要は聞いているか？」

「はい、ひととおりは目黒さんから」

黒いビジネスバッグから、書類の入ったクリアファイルとタブレットを取りだす。

「簡単に言うと、フリーペーパーの特集記事の原稿作成と募集型企画旅行の提案ですね？」

「そう。原稿作成は本社からの依頼だ。地域限定のフリーペーパーを各支店で作成して、新聞に折りこむ予定らしい」

「ずいぶんと大掛かりな宣伝をするんですね」

「ああ。三ヶ月後のシルバーウィークを狙うようだ。だから原稿内容も、多少は秋っぽさを考慮したい。もちろん、季節問わず人気のあるスポットや、レジャー、グルメでもいいけどな」

常盤の言葉に頷きながら、利美はノートにメモをする。そんな彼女を軽く見やり、常盤はコーヒーを飲んだ。

「メモは手書き派なのか」

「タブレットやノートパソコンも試してみたのですが、結局手書きに戻ってしまいますね。自分にはこれがいちばん合うんだと思います。でも、スケジュール管理はタブレットのアプリを使っています」

「ふうん。いいんじゃないか？　俺もメモは手書き派だしな」

　にっこりと笑って、ポケットから黒い手帳を取りだす。使いこまれた革のカバーを指で撫で、彼はぺらりと手帳を開いた。

「便利な物が溢《あふ》れてる世の中だが、回り回って結局アナログに戻るものがある。俺はこの感覚を大事にしたいんだ。レジャーを楽しむ気持ちにも、これと似たものがあると思うんだよ」

「たとえば、キャンプやバーベキューのようなものですか？」

「うん、それもあるな。不便だけど楽しい。めんどくせえけどクセになっちまう感覚。便利なものはいいが、旅行となると、そこにちょっとした手間と面倒臭さが必要になると思うんだ。旅の思い出にしてもらうためにな」

　常盤の言葉に、利美は不可解といった風に首を傾げた。たしかにメモは手書きがいい。しかし旅に関しては、不便よりも便利な方がいいではないのか。

「お客さんはつねに便利なものを求めていると思います。たとえば移動なら、より速い移動手段の方が旅の効率もよくなるでしょう？　移動時間なんて無駄ですから」

「そうかな。俺はのんびりした移動時間好きだけどな。電車だとビールも飲めるし」

「私はあまりお酒に興味がありませんので」

　無表情のままそっけなく話すと、常盤は「それは残念だなあ」と明るく笑った。

　やがてふたりは、打ち合わせの本題に入る。今年のシルバーウィークに向けて手軽な旅行企画を立てるのが、今回の仕事の目的だった。

「フリーペーパーには旅の案内やレジャースポット、グルメの紹介。それからパッケージツアーを何種類か組みこむ予定だ。ところで、松川は今までどんなプランを手掛けてきた？」

「代理店からの依頼で、少人数向けのプランニングをしていました」

「パッケージツアーを企画した経験はないのか」

「はい。受注型のものばかりです。この観光地に行きたいなどの希望があれば、その観光地を予定に組みこむという感じです」

「ふむ。受注型って、自分から提案はしないのか？　たとえばこのスポットもおすすめしたいとかさ」

何気ない常盤の質問。しかし、利美はわずかに眉根を寄せ、ぎゅっとボールペンを握ってうつむく。

「ありません。余計なことをすると予算もかさみますし、お客さんの要望だけを忠実に形にする方が、契約も早く取れますから」

安ければ安いほどいい。それはどの客も言う本音だ。旅のグレードはできるだけ高くしたいが費用は限界まで抑えてほしい。多くの要望がそうだった。

しかし値段と質は比例する。例外はあるが、ほとんどのサービスがこれにあてはまる。安くすればそれだけ、旅のどこかで皺《しわ》寄せが来るのだ。食事に重きを置けば、宿泊施設のクオリティが下がるのは必須で、いかにその差を緩やかにするか、旅においてどの部分を重要視するのかを考える。予算配分のさじ加減が、利美にとっていちばん気を遣う仕事だった。

やがて紆余曲折《うよきょくせつ》を経て、余計な口出しはしないという結論に落ちつく。とにかく客の望みを安価な形で提案する。それがいちばん波風立たない営業方法だと学習したのだ。

常盤は口元に手を寄せ、しばらく考えるように黙りこむ。やがて「そうか」と軽くうなずき、気を取りなおしたようにタブレットをコツコツ叩いた。

「話を戻すぞ。仕事の割り当てについてだが、俺はフリーペーパーの観光案内やレジャースポットの紹介を担当する。松川は、新幹線を利用したパッケージツアーのプランをやってもらえるか？」

「わかりました。そういえば、旅先はどこになるんでしょう。もしかして、そこから？」

「いや、もう決まっている。京都特集をするそうだ。観光資源も豊富だし、ネタに事欠かないから、楽な仕事だろ」

「楽かもしれませんが、京都はちょっと難しいですね」

利美は顎《あご》に指を添え、常盤のタブレット端末を見つめる。

あまりに有名な観光地。外国人からも人気があり、日本屈指の観光資源である。しかし、だからこそ難しい。有名ということは、すでにあらゆる旅のプランが出尽くされているということだ。悪く言えば目新しいものが少なく、下手をすれば別会社のプランと似たり寄ったりになってしまう。

なにか目を引くアピールポイントがなければ、最少催行人数すら集まらない恐れもある。思ったよりも利美の仕事は責任重大だった。

「進捗は頻繁に報告しあおう。気になったところはどんどん言ってくれていいし、俺もいろいろ言わせてもらう」

「はい。ところで、常盤さんはどんな風に仕事を進めるつもりなんですか？」

利美が問うと、常盤はタブレット端末を操作して、東京から京都までの道路地図を表示した。

「俺は、ドライブ旅行用の観光スポットを紹介してみようと思っているんだ。アシを持っているなら、車での道中でも、グルメや観光を楽しめそうだろ。アシがなかったら、ツアーで金を落としてもらう。どちらにしても宿泊場所は決まっているんだ。特集の目玉として、京都の旅館に安価な宿泊プランを用意してもらっているから、あとは俺達プランナーがうまーくやって、宿にいっぱいお客さんを入れることができたら、勝ちという訳だ」

ニヤ、と常盤は人の悪い笑みを浮かべる。

なるほど。つまり大事なポイントはひとつだけ。今回の京都特集企画に乗ってくれた宿泊施設を客に使わせることなのだ。それでウチにはマージンが入り、旅館は空部屋を埋めることができる。安価な宿泊プランをどれだけ魅力的に宣伝するか、そして京都へ旅行に行かせるか。そこでツアープランナーの力量が試される。

でも――うまくできるだろうか。利美は少しだけ弱気になった。魅力的で、その観光地に行きたいと思えるような素敵なプラン。そんなものを、自分の力で考えだせるのだろうか。ツアープランナーの経験はなく、今までずっと営業として客の要望どおりに、できるだけ安価で、おもしろみのないプランばかりを考えてきたというのに。

ふいに昔を思いだす。憧れの添乗員になって、わくわくした気持ちで客を案内していた自分。勉強した知識を存分に使い、どんな風に話せばもっと楽しんでくれるかなと、そんなことばかりを考えていた頃。

ふるふる、と首を横に振る。すべて終わったことだ。それにこの仕事さえこなしたら、もう、別れを告げる職場でもある。

だからこの仕事さえ、無事に終わらせたらいい。

利美は頭の中で結論付け、あらためて仕事に臨む決意をした。

そのあともふたりはファミリーレストランに長居し、旅行プランに関して提案を出しあう。利美のドリンクは三杯目に突入していた。

「もしかして、常盤さんはいつもこんな風に仕事をしているんですか？」

ふと、顔をあげて聞くと、ノートパソコンのキーボードを打っていた常盤が「ん？」と目を向ける。

「そうだな。俺、打ち合わせが多いし。あと、できる限り現場は自分の目で見たいんだ。

新しいレジャースポットとかいろんな観光地なんかをしょっちゅう見にいってるから、デスクワークは車ん中か飯食いながらが多いんだよな」

「それって、失礼ですけど、経費で見にいってるんですか？」

「会社に視察案内が来たやつは経費だが、個人的に見ておきたい所は自腹だよ。はは、遊んでるように見えるか？」

明るく笑う常盤に「そんなことありません」と利美は慌てて付けたした。単純に疑問を感じたのだ。一年間働いていて、ほとんど話すことのなかった主任の男。

だが、考えてみれば利美も外回りばかりで事務所には朝と夜しか顔を出さない。会社にいないという点については同じだ。数えるほどしか会えなかったのも納得がいく。

「たまにはみんなで飲み会とかしてもいいよな。目黒さん、そういうところ無頓着だから」

「ある意味助かっていますよ。私、宴会が苦手ですから」

「あー、騒ぐの好きじゃない？」

真面目な顔で、ひとつも表情が動かない利美になにかを察したのか、常盤が聞いてくる。

利美は「ええ」と頷き、ボールペンをノートに転がしてカフェラテを飲んだ。

「おもしろい話もできませんし、場を盛りあげるのも苦手です」

「そんな感じがするな。でも、俺達サービス業は笑顔が第一。愛想を振りまくのも仕事のうちだぞ？」

「営業してる最中は愛想笑いくらいします。でも、今は必要でないでしょう？」

ムッとして言いかえすと「たしかに。松川は正直でいいな」と常盤が笑った。気さくで明るいが、油断すると心の隙間にするりと入りこんできそうな人だと利美は思う。……むしろ、そうだからこそ、心を摑むプランニング力に長《た》けているのかもしれない。

常盤は四杯目のコーヒーを口にし、キーボードを打ちはじめる。

「うーん。道中はだいたい固まってきたが、問題は京都観光なんだよなあ」

「レジャーやグルメの案内ですか？」

「そう。いろいろな方面からアピールしていきたいんだけど。なんか今ひとつ、目新しさが足りない。土産関係も定番が決まってるからなあ。松川は、京都のおすすめしたい店とかあるか？」

おすすめしたい店……利美は思考を巡らせた。京都は何度も行ったことがある。プライベートはもちろん、添乗員だった頃にツアー同行をしたこともある。その中でよかったと思うもの、ぜひ訪れたいと思っている所。できれば、目新しさを覚えるような所。

「そうですね。和菓子屋さんなんて、いかがでしょう」

「和菓子？　京都だと、それこそ老舗から新興まで腐るほどありそうだが」

「ええ、でも、三年くらい前からじわじわと人気が高くなっている和菓子屋さんがあるんです。祇園四条《ぎおんしじょう》駅からも近くて、店内の喫茶スペースでお菓子と抹茶をいただくこともできます。老舗ですが、毎年新作を出すほど、精力的なお店なんですよ。雑誌で紹介されたこともありましたね」

へえ、と興味を持ったように常盤が顎を撫でた。利美は彼のタブレットを借り、検索をかけて地図を出す。それは祇園四条の大通りから少し外れた所にある店で、八坂神社や清水寺など、有名な観光名所が近い。参拝ついでにスイーツはいかが？　そんなすすめ方ができそうなロケーションだ。

「いい所だな、ちょっとした穴場って感じで。周りの雰囲気はどうなんだ？」

「いわゆる〝町屋〟が並んでいまして、趣き深い、古きよき京都という感じですよ」

「なるほど。悪くないな。当然、和菓子はうまいんだよな？」

「おいしいですよ。ご主人はとても研究熱心な方で、老舗独特の伝統を守りながらも、つねに新しいものを追求されてる方なんです。……あ、でも、そのご主人は今、こっちにいるんですけどね」

はたと思い出して口にすると、常盤が「こっち？」と首を傾げた。

「ご病気になられて。手術のために都内の大きな病院に入院しているんです」

「そりゃ大変だな。でも、なんで松川がそんな、イチ和菓子屋の事情を知っているんだ？」

常盤の疑問はもっともだ。もしかしたら余計なことを言ってしまったかもしれない。あまり自分のことを話したくない利美は後悔したが、口に出してしまった以上は仕方がない。

「私が一方的に、その和菓子屋さんのファンだったんです。それで通ってるうちに、世間話をするくらいには仲よくなりまして。病院の話も本人から聞きました。今もときどき、お見舞いに行っています」

「ふうん。ということは、今はその和菓子屋、誰がやってるんだ？」

「話によると、今は息子さん夫婦が営んでいるそうです」

常盤は腕を組んでソファにどっしりと座った。足を組み、しばらく悩むように視線を巡らす。

「よし、ちょっとお見舞いに行ってみようか」

「え？　今からですか？」

「ああ。行動は早い方がいいだろ。ご主人の都合が悪かったら日を改めてもいいけどさ」

「それは聞いてみないとわかりませんけど……」

なら決まりだな、と常盤は手早く荷物を片付けて伝票を取る。利美も慌てて準備を整え、ファミリーレストランをあとにした。


常盤の運転する車で大学病院に着くと、利美は迷うことなく院内のエレベーターに乗り、ナースセンターで面会の手続きを行ってから、目的の部屋へと足を運んだ。

件《くだん》の主人は入院棟の大部屋にいる。利美が窓側のベッドに近づき、「こんにちは」と挨拶をしてからカーテンを開くと、中では中年の男性がベッドを起こして本を読んでいた。

「ああ、松川さん。よう来てくれはりましたなあ」

顔に刻まれた皺が深くなる。穏やかな雰囲気だが、重病を患っているのが原因か、顔色は悪い。

「お加減はいかがですか？」

「相変わらずぼちぼちといったところですわ。今日はお客さん連れてきはったんですか？」

「はい。ええと、同じ会社の……」

「初めまして。松川と同じ部署の、常盤と申します」

挨拶をして名刺と見舞いの花束を渡し、きらりと爽やかな笑顔を見せる。その表情は溌《はつ》剌《らつ》としていて目を引くものがある。ちなみに常盤はファミレスのときとはちがい、車の座席にかけていたスーツの上着を羽織っていた。

愛想のいい常盤に気をよくしたのか、男はニッコリと笑って「よろしく」と頷いた。

「わたしは堀川《ほりかわ》と言います。松川さんから聞いてるかもしれませんが、京都の小さい店で、和菓子をつくってます」

「はい、伺っています。じつは今度、うちの旅行会社で京都特集を組むことになりまして、ぜひ堀川さんの和菓子屋を紹介したいと思っているんですよ」

「ああ、それはありがたい話ですわ。うちは歴史ばかりが長《な》ごうて、いまいちパッとせえへん店やったんです。でも松川さんがぎょうさんお客さん連れてきてくれはってね。うちが持ちなおしたのは、そのおかげなんですわ」

ほう、と常盤が驚いた声をあげた。利美は恥ずかしそうにうつむき「大したことはしてませんと呟《つぶや》く。

「添乗員をやってた頃に、ツアーのお客さんから和菓子のおいしい店を教えてほしいとお願いされて、紹介したんですよ」

「なるほど。それがきっかけだったんですね」

「ええ。うちは季節ごとに創作菓子をつくってるんですが、それを楽しみにしてくれはる人とか、口コミって言うんですか？　そういうのでね、ちらほらお客さんが来てくれるようになったんです。うちにとって、松川さんは招き猫やったんですわ」

堀川の言葉に、利美はますます恥ずかしくなってしまう。だが、彼は残念そうに、ため息をついた。

「ほんまに、うまくいきかけてたんやけどね。自分の体がこうなってしまうとは思いもしませんでした」

「堀川さん……。大丈夫ですよ、お医者さんも治るって言っていたんでしょう？」

落ちこんだ様子の堀川に、利美が声をかける。彼は「そうやね」と顔をあげ、目尻の皺を濃くした。

「治すために東京まできたんやけどね。手術日はまだ決まってへんし、家族は娘と、息子の嫁さんが転院のときに付き添いにきてくれたくらいで、息子らは顔も出しませんわ。どうもそれどころやないみたいで」

「それどころじゃないって、どういうことでしょうか」

利美が首を傾げると、堀川は急に黙りこむ。しばらく考え事をするようにうつむき、やがて顔をあげて、利美を見た。

「松川さん、常盤さん。いきなりで悪いんやけど、ちょっと面倒事を頼んでもいいやろか」

　堀川は「よいしょ」と声をあげながら体を起こし、チェストの扉を開いた。中から取りだしたのは、二十センチ四方の青い発泡スチロールの箱。白い紐の取っ手がついた手提げタイプで、フタにはガムテープが何重にも張りめぐらされている。

「申し訳ないんやけど、これを京都のうちの店に送ってほしいんです。宅配でもなんでも、方法はお任せします。ほんまは自分から送ろうとも思ったんやけど、わたしの名前で送ると、なんや……具合が悪いと言いますか。ちょっと事情があるんですわ」

「はあ、中身はなんでしょう？」

「大したもんやありません。お菓子の材料みたいなもんですが……。ただ、湿気を嫌うんで中身は開けんといてください」

　どうも堀川は詳細を口にしたくないようだった。本人が言うとおり、なにか事情があるのだろう。利美が困ったように常盤を見あげると、彼はこくりと頷いた。構わないということらしい。

「わかりました。じゃあお預かりします」

「恩に着ます。松川さんにはいろいろお世話になって、こうやって、見舞いなんかにも来てくれはって、ほんまにありがとう。お菓子のことで協力できるならなんでもしますからね。家のもんにも伝えときます」

「はい。その折はぜひ、よろしくお願いしますね。では、そろそろ失礼します。お大事にされてくださいね」

頭をさげ、静かに部屋を出る。ふたたびエレベーターに乗って一階のロビーに戻ると、常盤が「松川」と声をかけてきた。

「すまん、さっき病室で目黒さんから着信があったんだ。ちょっとかけなおすから待っていてくれ」

「わかりました」

利美は、預かった箱を脇に置いてロビーの空いていたソファに座る。ロビーは騒がしく混んでいたため、常盤が待合室から少し離れた場所に移動し、電話をかけはじめた。


堀川との出会いは、利美が専門学校に通っていた頃までさかのぼる。学生時代、アルバイトでお金を貯めては、大好きなひとり旅に出かけていた。中でも京都を気に入っていて、一年に二度は行っていた。

京都は観光名所として有名なことから、ある程度行くと見所は全部見てしまったような気分になる。それなのに、利美にとっては行くたびに新しい発見がある場所だった。歩いたことのない小路に、小さな神社。一見なんでもない道や山に、気が遠くなるほどの歴史が詰まっているから。

過去の遺産が当たり前のようにそばにあって、歴史が日常と溶けこんでいる。そんな京都の不思議な魅力の虜になっていた。そんな折、偶然、堀川の和菓子屋を見つけたのだ。

大通りから外れた路地に、その和菓子屋『花華堂《はなかどう》』はひっそりと佇《たたず》んでいた。近所に住む人がときどき買いに来るような雰囲気で、あまり観光客向けではない。悪く言えば、とても地味な店構えだった。

だが、試しに和菓子を購入し、小さな喫茶スペースで抹茶と共に食べてみると、それは驚くほどおいしかった。さらには祇園四条という、京都の中でも人通りが多い地域にもかかわらず、そこだけは世間から隔絶されたようで、落ちついた雰囲気に満ちていたところがとても気に入った。

それからというもの、利美は京都へ行く度、花華堂に通った。そのうち主人である堀川と世間話をするようになり、束の間の和菓子を味わう時間を楽しみに思うようになった。

――いつか、憧れのツアーコンダクターになって、自分が京都の街を案内できるようになりたい。そのために専門学校へ通っているのだと話すと、堀川は優しく笑って「それやったら気張らなあかんね」と、穏やかな京都弁で応援してくれた。

そして利美は、とうとう憧れの職業に就くことができた。派遣社員であったが、やりたかった仕事に就けて、努力は十分すぎるほどに実った。

しかし、それはもう過去の話だ。今はもう、添乗員の仕事を辞めている。小さな旅行会社に入社して安価なプランを練り、パッケージツアーのパンフレットを片手に代理店を巡って営業する日々。そして、近い内に今の会社も――。

「松川ー。電話終わったから行くぞー」

　後ろから声をかけられた。うつむいて物思いに耽《ふけ》っていた利美はハッとして顔をあげ、「はい！」と返事をして立ちあがる。そばに置いていた青の発泡スチロール箱を小脇に抱え、常盤のあとを追いかけた。

「目黒さんとどんな話をしていたんですか？」

「ん、松川のことを話してた。うまくやれてるか？って」

「……そうですか。信用されてないんですね、私は」

「ちげえよ、心配してるんだ。目黒さんはけっこう松川のこと、買ってるんだぞ？　でなきゃ派遣辞めた松川を拾ったりしねえだろ」

　自虐的な言葉を返した利美に腹を立てたのか、常盤が少し怒った様子で彼女を睨む。たしかに利美も、自分を雇ってくれた目黒には感謝していた。でもこちらにだっていろいろと事情があるのだ。利美はおもしろくないといった様子でフイとそっぽを向く。……そのとき、ひとつの疑問が頭に浮かんだ。

「常盤さん、どうして私が派遣を辞めたあとに、目黒さんに拾われたって知っているんですか？」

　首を傾げると、常盤はあからさまに「しまった」という顔をした。ばつが悪そうに頭を掻いて、視線をそらす。そんな彼の様子に利美が不審げな表情を浮かべると……。

　ドン、と利美の体が大きく揺れた。

　正確には、後ろから突きとばされたのだ。驚く間もなく、利美は目を丸くしたまま前のめりになった。そのまま地面に向かって倒れこみそうになって――ふわりと体を抱きとめられる。

「大丈夫か？」

　頭上から聞こえる、低い声。動揺したまま利美が顔をあげると、目の前には常盤の顔があった。

「きゃあ！」

　思わず声をあげて、ぺちんと常盤の額を叩いてしまう。

「きゃあって、お前な」

　心外だとばかりに呆れる常盤からパッと離れて「すみません」と謝る。叩いたのは申し訳なかったが、不可抗力だったのだ。手が反射的に動いてしまった。

「あれ？　……ない」

「え？」

「堀川さんから預かった、あの箱がない！」

　小脇に抱えていたはずの箱がなかった。慌てて辺りを見ると、病院の自動ドアを出て、そのまま駐車場に向かって走っていく男の後ろ姿がある。その腕には、しっかりと青い発泡スチロール箱が抱えられていた。

「えっ」

「返しなさい！」

思わぬ引ったくりに驚いて立ちつくす常盤と、すぐさま走りだす利美。その姿を見て慌てて常盤も追いかけた。箱を抱える男は大柄で力はありそうだが、走るスピードは利美の方が速い。

あっという間に追いついた利美は「それを返して！」と声をあげる。しかし男は舌打ちをするだけで走る足を止めなかった。それどころか屋外駐車場に停めている黒い乗用車の扉を開け、運転席に乗ろうとする。

「させるかあっ」

利美はサッとしゃがむと地面に手をつき、両手をコンパスの主軸にして足をぐるりと回した。見事に足払いをかけられた男は「うわ！」と声をあげ、たたらを踏む。

利美は腕を伸ばし、男が手放した青い箱の持ち手を摑《つか》んだ。そして追いついてきた常盤に、それを投げる。

「常盤さん！」

「っと、あぶねーな！　松川、こっちだ！」

ぱし、と片手で受けとった常盤は手招きをする。利美が立ちあがると、男が後ろからぬっと手を伸ばしてきた。それを必死によけて、常盤に向かって走る。

男は無言で、のしのしと追いかけてきた。なぜそこまで必死になるのだろう。普通は引ったくりに失敗したら、諦めて逃げるものではないだろうか。

さまざまな疑問が頭に浮かぶが、とにかく利美は全速力で走る。常盤が向かったのは自分の車。彼は先に運転席に乗り、エンジンをかけた。

「乗れ！」

言われて利美は、滑りこむように助手席へ乗る。途端、常盤は車を急発進でバックさせ、くるりとターンして病院の出口に向かって走らせた。

バックミラーで確認すると、謎の引ったくり男はしばらくこちらを睨んでいたが、やがて足早に去っていく。車は病院の駐車場を抜けて国道に入り、ようやく利美と常盤は揃って安堵のため息をつく。

「いったいなんだったたんだ……」

疑問を口にする常盤に、利美も頷く。まったく同じ気持ちだ。

常盤が運転する車は二車線の走行道路をまっすぐに走り、会社へ戻っているようだ。

互いに言葉を交わすことはない。常盤は睨むように前を見ながらハンドルを握っており、利美は膝にのせた青い発泡スチロール箱を見つめている。

どっ、どっ。

無表情を保ちつつも、利美の心臓は早鐘を打っていた。考えれば考えるほど、つい先ほど起こったことが恐ろしくて、今になって小刻みに手が震えだす。

あれはなんだったのだろう。思うことはそれだけだ。突然引ったくりに遭ったことはわかる。だが、どうしてこの箱を？　……しかも、男は追いかけてきた。箱を取りもどした利美に襲いかからんと、手を伸ばしてきたのだ。

怖かった。無我夢中だった。ただ、この箱は守らないといけない。その一心で利美は行動した。

「ちょっと、聞いていいか」

「はい」

体は強張っていたが、顔をあげて返事をする。自分が怖がっていると気づかれたくない。

「お前、なんか拳法でもやってるのか？」

「拳法なんてやってません」

「じゃあ、あの足払いはなんなんだ。華麗すぎてびっくりしたわ。普通、男でもあんなに颯爽《さっそう》と動けないだろ」

「ああ、あれですか。私には四人の兄がいて、親がいろいろ武道を習わせていたんです。それで小さい頃から喧嘩の度に技をかけられていて、それで」

「どんなバイオレンス兄だよ。……そういうことか」

はあ、と安堵したように常盤がため息をつく。

「さっきは俺もびっくりして行動が遅れたし、松川のおかげで箱を取りもどせたが。もう、やるなよ」

「言われてもできないですよ。私も必死でしたから」

「そうだな、それでいい。下手に手を出すとヤバそうだったから、松川が喧嘩っ早い性格じゃなくてよかった」

ハンドルを回し、道路をカーブしながら呟く。

「それにしても、多少乱暴をしても箱がほしかったってことでしょうか？　でも、どうして。これは堀川さんから預かったもので、中身はお菓子の材料なのに」

「……松川って、襲われかけたわりには冷静だな」

運転をしながらじろりと横目で睨まれる。そんなことを言われても、いまさら「本当はすごく怖かったんです」なんて言うのも恥ずかしいし、なによりそういった心中を常盤に知られたくない。

「そうですか？」と、利美は努めて無表情を保ち、そっけなく返した。

「俺もわからん。でも、明らかにあの男は狙っていた。それが目的だったんだ。多分、ただのチンピラじゃない気がする」

「え？　ただのチンピラじゃないならなんでしょう？」

「それはその、後ろ暗い連中とか、ろくでもない組織というか。いろいろあるだろ」

言葉を濁す常盤に、利美はなんとなく彼が言いたいことを察した。

……考えすぎだ。常盤の想像は杞憂《きゆう》のレベルを超えている。はっきり言えば突拍子もない。

「ありえませんよ。だって、この箱の中身はお菓子の材料ですよ？　私は堀川さんの人柄を知っていますし、あの人が嘘をつくとは思えません。それに、それほど重要なものなら、私達に荷物を預けたりしないでしょう？」

「それはそうだが。じゃあ、あの男はなんなんだよ」

「私にもわかりません。でも、常盤さんが言うようなヤカラではないはずです。だいたい、なんでそんな悪い人達が、お菓子の材料を狙うんですか」

むっとして言いかえす。常盤はきっと、堀川の虚言を疑っているのだ。箱の中身はお菓子の材料などではなく、もっとやんごとない物ではないかと。それも、犯罪に関わるような後ろめたい品物。

そんなはずがない。堀川とは、添乗員になる前からの付き合いなのだ。年に一、二回、旅行で京都に行ったときに会う程度の間柄だったが、それでもわかることがある。

堀川と犯罪はまったく結びつかないし、彼が自分達をトラブルに巻きこむわけがない。彼はただの和菓子職人なのだ。お菓子をつくって食べてもらうことをなによりも喜ぶ、優しいおじさん。

しかし今日が初対面の常盤にとって、堀川はまだ信用できる人間ではない。彼を疑うのはそれが理由なのだ。事実、男が狙ったものは、堀川が渡してきた青い発泡スチロールの箱だったのだから。

きっと、この話は平行線を辿《たど》るのみだ。前を向いて運転している常盤の顔を横目で盗み見ると、明らかに納得していない顔をしている。利美がなにを言っても、彼は自分の意見を変えないだろう。

「まあ、箱の中身がどうだとか、あの男がどうだとかを話しあうのはやめようか。俺も松川も、結局のところはわかんねえんだし」

「そうですね」

「もっと建設的な話をしよう。ソレを、どうする？」

チラ、と常盤が視線を送った所。それは利美の膝にのせている箱だった。

「言われたとおり、和菓子屋さんに送るのが一番だと思います」

「俺もそう思う。堀川さんは宅配でもいいって言ってたな。それなら手っ取り早く送ってしまおう。それで問題は解決だ」

きっぱりと言いきる常盤に、利美は頷く。膝の上には堀川から託された箱があった。

気になることはたくさんある。だが現時点ではどうすることもできない。自分達にできることは、堀川の頼みを全うすることだけだ。本来の役割はそれなのだから。

「そうですね。送りましょう」

「決まりだな。コンビニって宅配受付もしてるよな」

「コンビニによると思いますけど、大抵の所では送れると思いますよ」

常盤は「了解」と頷き、車を走らせる。おそらく次に通りかかったコンビニに入るつもりだろう。

――そのとき。

隣の追い越し車線から突然、黒塗りの乗用車が目の前に入ってきた。常盤は目を剝《む》き、ダン！と強い足音を立ててブレーキを踏む。きゅりきゅりとタイヤ音が辺りに響いた。常盤がハンドルを切り、なんとか乗用車を避けたものの、ガリガリと中央分離帯にフロントドアを擦ってしまう。

「な、何事……」

いったん路肩に寄せて車を停め、ハンドルを両手で握りながら常盤が呻《うめ》く。中央分離帯にぶつかった拍子に肩を打った利美は、よろりと体を起こした。

バックミラーに映るのは、隣の車線から強引に入ってきた黒塗りの乗用車。見覚えがあるのは当然だ。さっき病院で見たばかりなのだから。

運転席が開く。現れたのは——あの、引ったくり男。さらに助手席から、もうひとりの男が現れた。揃ってまっ黒なビジネススーツを着ており、人相を隠すためなのか、サングラスをかけている。

男たちはトランクのそばまでやってきて、立ち止まる。

利美は助手席に座ったままバックミラーを見つめ、ぎゅっと箱を掴む。あの男達の目的は、まちがいなくコレだ。

「松川、舌噛むなよ！」

常盤がアクセルを踏んだ。タイヤが悲鳴をあげて勢いよく走りだす。こちらが逃げだすとは思っていなかったのか、男達は慌てて踵《きびす》を返し、黒い車に乗りこんだ。しかし常盤はぐんぐんとスピードをあげて距離を離していく。

目の前に信号が見えた。青からちょうど黄色に変わるところ。常盤はアクセルを踏みこみ、ハンドルを大きく切る。

急カーブで左折してからまっすぐに走り、何度か車線変更を繰り返していると、ようやく他の車の中に紛れることができた。これなら追いかけてきても、すぐにはわからないだろう。それに、こんな所で先ほどのような無茶をやらかせば、常盤の車はおろか、あの男達の車や他の車も巻きこむ大惨事となる。

はあ、と常盤がため息をついた。

「ヤバイ。絶対ヤバイ。それ、ヤバイ」

「ヤバイヤバイ言わないでください。おかしいですよ。なんでこんな……」

「中身開けてみろよ！　それではっきりするだろ」

「湿気を嫌うから開けないでって、堀川さん言ってたじゃないですか」

「そんなこと言ってる場合か!?　どうしてくれるんだよ、俺の三年ローン！」

「あーもう！」と八つ当たりするように常盤はハンドルを拳で殴る。その音と声に驚いた利美は、びくりと肩をすくませた。すると常盤はガシガシと頭を掻いて「悪い」と謝る。

「松川に当たってもしょうがねえよな。ごめん」

「いえ。この車、社用車じゃなくて常盤さんの私物だったんですね」

「五年ローン組んで、やっと半分払い終えたんだよ。まだ新車の域なのに……」

ずーんと落ちこむ常盤に、利美は内心焦る。どうしよう、巻きこんだのは私だ。どうやって謝ったらいいのだろう。昔の自分なら、謝って慰めることができたかもしれない。一緒に悲しみを分かちあうこともできたかもしれない。

けれど感情を表に出すことをやめてしまった利美は、無表情のまま常盤を見つめることしかできなかった。

「警察……」

ぽつりと、利美は呟く。その言葉に常盤はパッと顔をあげた。

「そうだ、警察！　この荷物ごと預けてしまえばいいんだ」

「でもそうすると、この箱は開けられてしまいますし、簡単に和菓子屋へ届けることもできなくなりますよね」

「警察から届けてもらうとか。無理、だよな。警察は便利屋じゃないもんな」

ふたたび常盤が長いため息をつく。いったいなぜ、こんなことになってしまったのだろう。あの男達の行動が意味不明でならない。いったい何者なのだろう……。

利美はしばらく考え、はたと気づく。

「常盤さん。私の予想、言っていいですか？」

「ドウゾ」

常盤がロボットのような抑揚のない声で返事する。本心ではあまり聞きたくないが、聞かざるを得ないといった様子だ。

「おそらくですが、私達が宅配でこの箱を送ったら、彼らはそちらを追うと思います」

「道理だな。奴らの狙いは俺達じゃなく、その箱だ」

「つまり、なんの関係もない運送屋が、私達みたいな目に遭ってしまう可能性があります」

「…………」

「下手をすると、大怪我を負うかも」

「だーっ！　もう言うな！　聞くんじゃなかった！」

ハンドルを両手で握りながら常盤がわめく。ファミリーレストランでは、飄々《ひょうひょう》としていて余裕のある大人という雰囲気だったが、本来の常盤はわりと直情的で、感情が顔に出やすく、ついでに言葉にも出てしまうタイプらしい。

ただ不思議なことに、頼りない感じはまったくしなかった。文句を言いながらも最後まで面倒を見てしまう、そんな懐の深さを感じさせる。

常盤はハンドルを軽く小突いた。そして「仕方ねえな」と呟く。

「松川、お前有給残ってるか？」

「え？　はい」

「わかった。言いだしたのは松川だからな。お前も付きあえよ」

「……え？」

「これから京都に行く。とっととその胡散臭《うさんくさ》い発泡スチロール箱を和菓子屋に渡して、さっさと帰る」

「今からですか？」

さすがにぎょっとした。なぜなら、ここは東京だ。ここから中部地方を跨《また》いで関西に行くなんて。そんな簡単に行って帰ってこられるものなのだろうか。今日が金曜なのが不幸中の幸いだが。

常盤がつんつんとバックミラーを指さす。つられて利美がミラーを覗《のぞ》くと、二台の車を挟んだ斜め後ろに、見覚えのある黒い車の姿があった。

「追ってきてるだろ。ちょうど信号待ちで混雑していてよかったな。今から横道に入って、そのまま高速道路に向かうぞ」

てきぱきとカーナビを操作しながら計画を話す。文句も言うし嘆きもするが、切り替えが早くて判断が正確だ。思えば、利美が引ったくり男から箱を取り返したときも、病院の駐車場から逃げたときも、そして車が急に割りこんできたときも、彼はつねにベターな行動を瞬時にしていた。

そんな常盤について、利美は気になっていることがある。

それは、彼が一度も利美の望みを拒否しないことだ。警察に行くのをやめたのは、利美が堀川の願いを聞き届けられないと口にしたから。京都に行くと決めたのも、利美の予想を受け入れて、他人には迷惑をかけられないと判断したから。

――優しい。

常盤に対しそんな風に思う自分がいて、利美は慌てて首を横に振った。

心を開きたくない。もう、誰とも深く関わりたくない。それなのに、この人なら自分をわかってくれるかも、と思ってしまう。惹きつけられる不思議な力が常盤にはあるのだ。

きっと、そう思わせるところが彼の人柄であり、魅力なのだろう。

でも……心を暴かれたくない。利美は密かにそう思った。

信号が、青に変わる。

混雑していた車がゆるやかに流れだし、車間距離を保ちながら走りだす。その流れに逆らわないように、努めて自然なハンドルさばきで、常盤は車をカーブさせた。そして一方通行の細い道路に入った瞬間、アクセルを踏む。規制速度ぎりぎりの速さを保ちながら道をまっすぐに走り、カーナビの音声に従い、高速道路の入口に向かう。

利美はそっとバックミラーを見た。黒い車の姿はまだない。もしかしたら、利美達が横道へ入ったことに気づいていないのかもしれない。

「車、追いかけてきません」

「ん、そりゃよかった。まだ油断はできないけどな」

目立つ大通りを避け、脇道をぐねぐねと曲がって進む。やがて大きな高架が見えてきて、その下をしばらく走ると高速道路の入口が見えた。常盤は迷うことなくＥＴＣのゲートをくぐり、東名高速道路に入っていく。

ぐんと車のスピードがあがって、エンジンの駆動音が耳に響いた。

「そういえば私、車で京都に行くのは初めてです。いつも新幹線を使っていたので」

「へえ、高速バスもないのか？」

「乗ってもよかったんですけど、機会がなかったんですよね」

国道を走っていたときと比べ、常盤はゆったりした表情で運転している。今のところ追いかけてくる車はないので、ひと安心といったところだろう。

「ここから京都は、どれくらいかかるんですか？」

「適当に休憩をはさみながら走って、混んでなきゃ六時間くらいか。実際はもう少しかかるかもな。こっちに戻るのは夜中になりそうだ」

「大丈夫ですか？　体力的な問題があるでしょう。私も運転しましょうか」

「この車、俺のだからなあ。保険が俺しか利かないんだよ。社有車ならそうしてもよかったが、まあ大丈夫だろ。それより目黒さんに電話しなきゃな」

さっそく常盤は近場の小さなＰＡ《パーキングエリア》に車を止め、スマートフォンで電話を始めた。

「——ああ、お疲れさまです。常盤です」

常盤はいたって気さくな口調で、事のあらましを口にし、自分と利美が今日を有給休暇にして京都まで行く旨を話した。

「ん、大丈夫ですよ。車擦られたのは痛かったですけどね。……ええ、もちろん。ついでですから存分に取材してきます。企画の現地ロケハンなんて滅多にないですしね。思い切りやってきますよ」

はっはっは、と明るく笑う。この事態に呑気なものだ。

「はい。それは問題ないです。……安心してくださいよ。俺がついていますから、大丈夫です」

最後に穏やかな笑みを浮かべて、そんなことを言う。どういう意味だろう。それはつまり、利美のことを言っているのだろうか。

彼女の身を案じる目黒に「俺がついてますから大丈夫ですよ」とか？

思わず利美は「は？」と呆れた顔をした。なぜ彼に大丈夫だと言われなければならないのだ。

常盤は電話を終え、ふたたび車のエンジンをかける。パーキングエリアの出口から高速道路の走行車線に入り、アクセルを踏んでスピードをあげていく。

「有給取れたぞ。松川はウチにきてから、まだ一度も有給使ってなかったんだな。たまにはのんびりしろって、目黒さんが言ってたぞ」

「常盤さん。そんなことより、いったい目黒さんとどんな話をしたんですか。なにが大丈夫ですって？」

「あと、せっかくだから存分に現地取材してこいだってさ。たしかに、バックミラー見てビクビク走るのもつまらないし、ここはひとつ、目黒さんの厚意に甘えて楽しくロケハン日帰りツアーといこう」

運転をしながら、常盤が「タブレット取ってくれ」と指示してくる。利美の疑問をまるっと流す彼の物言いに、彼女は不本意な表情を浮かべたが、しぶしぶ後部座席に置かれていた常盤のビジネスバッグを手に取り、大判のタブレット端末を取りだした。

「ノートアプリを立ちあげてくれ。そこに、俺の原稿草案があるだろ？」

「はい。……あ、これですね」

タブレットに指を滑らせ、アプリケーションを立ちあげる。そこにはたしかに、常盤の企画がずらりと箇条書きされていた。

「ファミレスでも言ったが、俺はドライブ旅行の提案をしようと思っているんだ。たまにはのんびり車で京都旅行してみませんか、ってな」

「ええ、言ってましたね」

「長距離ドライブと言えば高速道路だろ。それでさ、特集の前半はＳＡ《サービスエリア》の紹介にしようと思っているんだ。どうしたって休憩に利用するだろ？」

「たしかにときどきメディアで紹介されていますね。最近では趣向を凝らしたサービスエリアも多いと聞きます」

常盤の箇条書きを読みながら相槌《あいづち》を打つ。車ならではの楽しさや魅力を、彼は前面に押しだそうと考えたのだ。

「そういう訳で松川。適当なサービスエリアに寄って見所を探すぞ」

「……それはいいですけど。大丈夫、ですか？」

少し心配になってしまう。呑気にロケハンなどしてもいいのだろうか。自分たちは追われている立場なのに。

しかし常盤はそんな彼女の不安を吹きとばすように、明るく笑った。

「大丈夫、どうにかなるって。せっかく有給もらったっていうのに、怯えてばかりなんてもったいないだろ？　なんであんな奴らに遠慮しなきゃならねえんだ。堂々と行こう」

前を向きながら常盤がにっこりと笑う。

言われてみれば、杞憂ばかりで気を揉むのは無意味に思えた。考えても仕方がない。

それに、妙な追っ手が現れて京都に行くはめに陥ったものの、前向きに考えればラッキーでもある。資料や旅の記憶をあてにプランを作成するよりも、現地でいろいろ見て回った方が、魅力あるプランを思いつきそうだからだ。

平日の遠出など、滅多にできることではない。それなら存分にこの時間を活用する方が、得というものだろう。

そうだ。不安に心を潰されるより、ずっといい。

さっそく利美はビジネスバッグから薄型ノートパソコンを取りだした。電源を入れてメールの確認をしてから、プランを考えるときに使っているソフトを立ちあげる。

「どうした。パソコン取りだして」

「総務の伊倉さんに、プラン依頼のファックスがきたらメールしてもらうようにお願いしていたんです。今日はまだ二件ですから、こちらを片付けてから京都のプランを練ります。私は運転してませんし、他にすることもないから仕事します」

「ははっ！　松川は真面目だなあ。ま、調子出てきたみたいでよかったよ」

常盤は笑って運転を続ける。

平日の高速道路は空《す》いていて、トラックや社名が入った車をよく見かける。フロントガラスから見える空は爽やかなスカイブルーに彩られていて、わたあめをちぎったような雲が青のキャンバスにアクセントをつけていた。

妙な男達に追いかけられていなければ、初夏のすがすがしい旅行日和だ。

常盤がゆるく冷房を利かせる車中、松川は黙々と仕事を進める。

伊倉から届いたメールには、個人旅行の相談が二件書かれていた。希望する観光地は決まっていて、簡単な要望も明記されている。利美の仕事は、この要望と観光地を線でつなぎ、プランニングすることだ。提示された予算は思っていたよりもさらに安く、ろくな利益にならないと判断する。

「松川ってさ、普段どんなプランニングをしているんだ?」

「代理店に相談に来るお客さんの要望を聞いて、希望どおりのプランを作成しています」

「ふうん?　おもしろそうだな。俺はパッケージツアーの企画ばっかりやってるから、そういうマンツーマンの営業もやってみたいなあ」

運転をしながらそんなことを言う常盤に、利美は思わず自虐的な笑みを浮かべた。

「実際はタイトですよ。お客さんに潤沢なお金があれば楽しい企画もできるでしょうが、実際は無茶とも言える低予算で、多くの希望をねじこまなくてはなりません」

現実的に考えて、こんな金額でまともな旅行などできるわけがない――。そう思ってしまうほどの安価。それでも仕事だからプランニングはしなくてはいけない。結局利美ができることといえば、客が希望する観光地を日程に合わせて計画立て、安いビジネスホテルを紹介し、交通機関の指示をすることだけだ。

「私が作成したプランを提案するのは代理店ですし、実際は裏方みたいなものなんです」

「んー。つまり、本来はお客さんが自分で立てるべき計画を、代行でプランニングしているって感じか。それで利益は出せるのか？」

「代理店に手数料は支払いますが、ウチもプラスになりますよ。もちろんプラン表はそのままお客さんにお渡ししますので、ウチで頼まず個人で手配されたら、お金になりませんけど」

旅行プランのプレゼンから始まって、契約を交わすまでに至る客の割合は三割といったところか。冷やかしも多いし、あまり実になる仕事ではない。だが、それでも数をこなせばいちおうまとまった利益にはなる。ちりも積もればなんとやらだ。

「でも、それはそれでやりがいのある仕事だよなー」

高速道路の緑看板が、名古屋や京都への道筋を示している。小高い丘を切り分けたように、道路の両側は緑で覆われた急斜面が続いていた。やがて目の前に陸橋が見えてきて、ＪＲ横浜線が通り過ぎていく。

そんな景色を眺め、利美は運転を続ける常盤に視線を向けた。

「予算ギリギリであるほど燃えないか？　絶対この金額でめちゃくちゃおもしれえプランひねりだしてやる！って」

「まったく燃えません。言ったでしょう？　タイトな仕事なんです」

　客の要望を日程にねじこむだけで精一杯だ。目新しい観光スポットやご当地グルメを紹介する余裕などひとつもなく、一円でも安いプランをひねりだした方がよほど有意義なのである。

　利美はため息をついて、キーボードを叩いていた指を止めた。

「代理店を通じて、うちにプランを依頼するお客さんは、そういう〝営業〟を必要としないんです。忠実に、提示した要望だけを形にしてほしいんです。それ以外でお金を一円も使いたくないんですよ」

「それは極端だろ。そりゃ、そういうお客さんもいるかもしれないけどさ」

　不満げに常盤が呟く。利美は、表情をなくした顔で静かにノートパソコンを見つめた。目の前には必要事項のみを書き記した、おもしろみのないプラン表が映っている。

「……そういうのいいから」

「え？」

「代理店から、そんなコメントがきました。予定した日程に余裕があって、希望の観光地の近くにおすすめしたい民芸品のお店があったんです。でも、それを入れこんだら、他人のおすすめはいらないってお客さんが不満を言っていたと聞きました」

　黙りこむ常盤に、利美がゆっくりと顔をあげる。

「プランはリテイクが入りました。次は日程に余裕があっても妙な提案をせず、お客さんの要望のみを表にしたらなんとか契約は取れました。この会社に入って、すぐのことです」

その頃はまだ、利美も旅行に対する情熱を持っていた。とある経緯で添乗員の仕事は辞めたものの、目黒に拾われた彼女は、心機一転、楽しい旅の提案を発信しようと、さまざまなプランを考えた。予算に限りはあったが、その中で最高の旅の思い出をつくってもらいたい。そのお手伝いがしたい……利美は新しい職場で、精力的に頑張っていた。

だが、懸命に考えたプランは、客のひと言によって紙屑《かみくず》と化す。そんなことを何度か繰り返した。

旅の計画に他人の意見は必要ないのだ。旅行会社に相談したのは、自分でプランニングする時間がないから。効率よく観光地を回る方法、それに伴う交通機関。安いホテルの情報。客が望むものはそれだけだ。

「いかに多く契約を交わすか。ウチの利益にするか。一番ベストな方法はお客さんの望みだけを形にすることです。余計なことをしたところで一銭のお金にもなりません」

「でもそんなんじゃ楽しくねえだろ？」

「仕事に楽しさを求めること自体がナンセンスです」

「質問に答えろよ。お前は今、目の前の仕事を楽しいと思っているのか？」

やや強い語気で問われた。利美はぎゅっと唇を噛みしめ、ふたたびうつむく。

「――楽しくありません。私にとって仕事は、生活の糧《かて》です」

感情も意志もいらない。目の前の仕事をただやればいい。客がそれで満足するなら、考える必要などない。

その瞳に諦めと業界に対する落胆をにじませ、彼女はしばらくの間、黙ってパソコンのキーボードを叩いていた。

おいしいSAグルメと、東名高速カーチェイス

東京から京都へ向かうにはいくつかのルートがあるが、どうやら常盤は東名高速道路から新東名高速道路に入り、伊勢湾岸自動車道を経て、新名神高速道路に入るようだった。利美は二件分のプランニングを終えたあと、会社にメールを送ってからカーナビでルートを確認する。

「ちょい、休憩するぞ。追っ手はいないみたいだからな」

バックミラーで後ろをちらりと確認した常盤が、ポツリと言う。

「サービスエリアですか？」

「そう。高速道路の醍醐味だからな。やっぱ見ておくべきだろ？」

ニッコリと笑いかけてくる。つい先ほど、仕事の話題で雰囲気が悪くなったはずなのに、常盤はまったく気にする様子がない。利美は拍子抜けした。

常盤はあまり引きずる性格ではないのかもしれない。

利美もちらりとバックミラーを覗いてみる。……例の車は見あたらない。カーナビパネルに表示されている時刻は、十三時を過ぎたところだった。

たしかにもうお昼時だ。とくに今は追われている訳でもなさそうなので、休憩くらい構わないだろう。

そう考えてしまった利美は、だいぶ、毒されていると感じた。普段ならもっと深刻に考えて、休憩する気分ではなかっただろう。だが、常盤のカラッとした明るさに、つい自分も楽観的になってしまう。

運よくサービスエリアの入口は混んでいなかった。カチカチと方向指示器を鳴らし、常盤が左端に車線変更する。

ここは、海老名《えびな》サービスエリア下り。敷地が広く、土産から食事まで幅広く取り揃えている、関東では有名な所だ。車を停めて降りると、大きな白い建物のそばにずらりと並んだ出店から、香ばしくておいしそうな匂いがふんわり漂ってくる。

思わず利美の腹が、きゅうと小さく音を鳴らした。

「賑やかな所ですね。サービスエリアが観光地化している話は聞いていましたが、実際に足を運ぶとちょっと印象が変わりました。なんか、イチ商業施設というよりは、お祭りに来たみたい」

すると常盤が「ははっ」と笑う。

「いいね、お祭り気分になれるサービスエリア。そのコピー、使わせてもらおうかな」

常盤が笑いつつ、施設内に入っていく。きょろきょろしながら利美も続くと、屋内は平日にもかかわらず、たくさんの客が行き交っていた。

「なに食おっかなー」

常盤はめぼしい店を探している。利美はといえば、あまりに店が多すぎるために、目移りしていた。土産スペースだけでもじゅうぶんに広く、テレビや雑誌で紹介された土産物がポップと共に陳列され、所狭しと並んでいる。

　後ろ髪を引かれつつフードコート側に着くと、和洋折衷、スイーツからB級グルメまで、くまなく網羅されていた。

「わあ、この生クリームソフト、おいしそうです！　ラングドシャのコーンだって！」

「ああ、クレミアだな。ここはメディアでも紹介されて、うまいって有名だぞ。あとで買うか？」

「……いえ。仕事中、ですから」

　なぜだろう。久しく忘れていた感情がよみがえる。旅をする感覚。新しい出会いにワクワクする気持ち。

　だが、そんな気分で仕事をしてはいけないと、利美は自分を律した。今、自分がサービスエリアに足を運んでいるのは、休憩と取材のため。浮き立った気分になってはいけない。ましてやスイーツなど食べてはいけない。

　クレミアのポスターを眺めながら決意する利美に、隣で常盤が薄く目を細めた。

「じゃあ、昼飯食うか。腹が減っては戦はできぬ、だろ？」

「そうですね。できればフリーペーパーでおすすめしやすいグルメを選びたいところです」

「それなら、手っ取り早くフードコートに限定するかね。松川はなににする？」

「じゃあ、私はやっぱり海老名だけに、この海老づくしラーメンを」

「俺はうーん、アカモクとろろの三種丼がうまそうだ。アカモクは栄養たっぷりの海藻って聞いたことがあるし、一度食ってみたかったんだ。それに三崎港《みさきこう》水揚げのマグロを使ってるのが気になるな。買ってくるから席とっといてくれ」

はい、と頷き、二手に分かれる。利美は空いていたふたり席を見つけ、水を汲《く》んでテーブルについた。どの席も、スーツ姿の客やトラックの運転手といった仕事着の人が多く、家族連れはほとんど見かけない。これが休日になると、客層が逆転するのだろう。

しばらくすると、呼び出しブザーをふたつ持った常盤が席に来る。やがてちょうど同じタイミングで音が鳴って注文品を取りにいってくれた。

「はい、俺のオゴリ」

「え？　悪いですよ。払います」

「いいよこれくらい。一応、俺主任だし。今は松川の上司だから」

にっかりと笑って利美の前に海老がたくさんのったラーメンを置く。嫌味なくさらりと奢られると、つい嬉しくなってしまう。

努めて顔に出さないよう「ありがとうございます」と頭をさげた。向かいに常盤が座り、割り箸を割る。

「いただきます」

利美も割り箸を取ってラーメンをつまんだ。ふうふうと息を吹きかけてから、ズズッと音を立てて吸いこむ。しばらくもぐもぐと咀嚼《そしゃく》して、レンゲでスープをひと口飲むと、彼女はきらりと瞳を光らせた。

「おいしい！」

「そうか、よかったなあ」

「これは塩ベースですね。塩ラーメンはおいしいまずいがはっきりとわかるラーメンだと個人的に思っているのですが、これ、すごくおいしい。あっさりしているのに、海老の出《だ》汁《し》がよく出ていて、コシのある細麵もポイントが高いです！　海老好きはもちろん、塩ラーメンが好きな人にもおすすめできると思います」

つるつると食べては、口の中に広がる旨味を必死に伝える。ふたたびレンゲでスープをすくい取り、こくこくと飲んだ。

「ああ、海を食べているみたい。なんて上品なラーメンなんでしょう。今まで塩ラーメンといえば鶏だろうと決めつけていましたが、まったくの誤解でした。なんといっても海老は海の生き物です。塩が、合わない訳がないんです。このカイワレ大根もしゃきしゃきと、飽きがこないよう計算しつくされてる。食べ応えのある尾付きエビとぷりぷりの小エビに、乾燥エビに海老フレーク。うーん、あらゆる海老のハーモニー!!」

ふと見ると常盤が箸を持ったままポカンと固まっている。

「どうされました？」

「……お前、おもしろいヤツだな。突然饒舌《じょうぜつ》になったかと思えば、すげーうまそうに食ってるし。ところで、このアカモクとろろの三種丼もうまそうだぞ。先にひと口食べてみるか？」

目の前に丼が差しだされる。

ご飯が見えないほどたっぷりの緑の海藻と、赤く彩るマグロ。柔らかそうなシラス。周りには刻んだネギと海苔、そして白ゴマが散りばめられている。

おいしそう。利美の喉は無意識にゴクッと鳴り、「はい！」と丼を寄せる。

まずは何から食べようかとしばし悩み、じっと丼を見つめてから、ふいに顔をあげた。

「……あの、かき混ぜてもかまいませんか？」

「べつに断らなくても、好きに食べていいぞ」

「そ、そうですか。では……失礼して」

タレの入った器を傾け、丼に回しかける。そして意を決して箸を入れた。完成された芸術品を壊してしまう罪悪感と共に、わくわくした期待を感じる。とろりと鮮やかに輝くマグロを中心に、利美は軽く混ぜあわせた。そして丼を持ちあげ、口にかきこむ。

「んっ、これは……！」

利美の目が見開かれた。

「まさしく、ねばしゃきです。この、アカモクという海藻は初めて食べましたが、メカブよりもボリューミィで存在感がすごい！　しゃきしゃきした歯ごたえは楽しくて、マグロとタレにとっても合う！」

タレは控えめの醬油味で、素材の味をうまく引きだしている。利美はさらに丼をかきこんだ。とろとろしたアカモクは喉越しもよく、マグロの噛み応えに笑顔が出る。

「うーん！　アカモクの中を、シラスが泳いでいるよう。とろっと口の中に入りこんでくるんです。新鮮なシラスなんでしょうね。これがアカモクとマグロとタレの味を、ぎゅっとひとつにまとめてくる。すごいですね。おいしい！」

ぱく、ぱく、ぱく。箸が止まらない。うん、と頷いてもうひと口。はあ、とため息をついてまたひと口。常盤の注文品ということも忘れ、目を瞑《つむ》って味を堪能し、うっとりと瞳を開く。

目の前には、頬杖をついてニコニコと利美を見つめる、常盤の姿があった。

「ひあっ!?　すみません。あっ、と、食べすぎました。これ、ありがとうございました」

変な声が出てしまったが瞬時に自分を取り戻し、表情を無にして丼を彼の前に戻す。

「ん、もういいのか？」

「はい。味はよくわかりましたので。勉強になりました」

おいしい食べ物に対する悪癖が出てしまった。反省しつつ、努めて真面目にずるずるとふたたびラーメンを食べはじめる。

アカモクの濃厚な粘りが、塩ラーメンのスープでさらっと洗いながされ、口の中はふたたび海老の味でいっぱいになる。鼻に抜けていく潮の素敵な香りに顔がにやけてしまいそうになって、必死に我慢した。

これは仕事、これは仕事。楽しんではいけない。

「なるほどなあ。ちょっと、攻略の足掛かりが見えてきたな」

ふふ、と常盤が意味深に笑う。「なんですか？」と首を傾げると、彼はなんでもないと首を振った。

食事を終え、トイレ休憩を挟む。最近のサービスエリアはトイレも綺麗だと感心しつつ、利美がハンカチをポケットに戻しながら土産屋に戻ると、常盤の姿が見えない。どこに行ったのだろうと探していると、常盤は屋外で、なにかを熱心に見つめている。

「常盤さん、こんな所にいたんですか」

利美が外に出て駆けよると、常盤はニッコリと微笑み「あれ見てみろよ」と指をさす。

「屋台ですか」

「うまいもの横丁って言うらしい。名前のとおり、うまそうなのが並んでるって思ってさ」

「たしかに、おいしそうですね」

そこはまるで縁日のように、さまざまな屋台が並んでいた。ここで車を降りたとき、一番最初に感じた香ばしい匂いは、ここからきていたようだ。

「ほら」

利美が屋台を眺めているうちに、いつのまに買ったのか、常盤がなにやら棒状のものを両手に持って片方を差しだしてきた。

「わっ、大きい！　これは、なんでしょう？」

細長いなにかに、白いパンのような生地が螺旋状にくるくると巻かれている。中にあるのは……フランクフルト？

　利美は咄嗟に受け取り、しげしげと眺める。

「十八センチもある、ポークもちだってさ。うまそう」

　常盤がぱくりとポークもちにかぶりつく。そして「おっ、うまい」とシンプルに味を伝えた。利美もつられて頬張る。

　ぱりっとポークフランクを噛んだ途端、利美は「ふぬっ」と興奮の呻きをあげた。

「もち……！　もちが、もちもちで！」

「松川、落ちつけ」

「すみません。おいしさのあまり、少々取り乱してしまいました。これはたしかにパン生地ではないですね。歯ごたえのいいポークフランクに巻かれたお餅は、外側がカリカリで、中がモチモチです。そしてポークフランクのしょっぱさが、お餅の甘さと合わさって、うーんシンプルイズベスト！」

　パンとはちがう、米独特の親しみやすい甘さが、ポークフランクを優しく包みこんでいる。もっちりした食感はくせになりそうで、利美はあっという間に食べ終わってしまった。

「おいしかった……。アメリカンドッグとも、総菜パンともちがう、新しいソーセージの形を垣間見ました」

「たしかに新しいかもな。これなら手軽に食べられるし、サイズのインパクトもあって紹介しがいがある」

常盤が手帳にメモを残す。すっかり仕事を忘れてポークもちの味に浸っていた利美は、慌てて自分も手帳を取りだし、海老づくしラーメン、アカモクとろの三種丼、ポークもち、とメモを取った。

「じゃ、行くか」

手帳をポケットに仕舞った常盤が歩きだす。てっきり車に戻るのかと思いきや、彼はふたたび屋内に入り、フードコートに向かった。利美は慌てて彼を追いかけ、その背中に問いかける。

「どうしたんですか？」

「ん。いろいろ気になるものを買っていこうと思ってさ。あれとか、うまそうだろ」

ちょいちょい、と彼が指さすもの。それはテイクアウト専門の揚げ物屋だ。『鯵《あじ》の唐揚げ』と大きく書かれたえんじ色の看板の下に、丸ごと揚げた魚がたくさん並んでいる。

「おいしそうですね……　〝ペペロンチーノ味〟に〝しょうゆ味〟!?　あっ、〝カレー味〟まで！」

「だろ？　俺、〝ペペロンチーノ味〟買って車ん中で食お。松川もいるか？」

「私はお腹がいっぱいなので、結構です」

食べたいのはやまやまだったが、ラーメンとポークもちでだいぶ腹は満たされていた。それに、しょっぱい食べ物が続いたので、むしろ今は――。

ぶんぶん、と首を横に振る。そうだ、お茶を飲もう。喉が潤えば幾分かすっきりするはずだ。

ビジネスバッグの中には緑茶のペットボトルが入っている。それを飲んで気分転換をしよう。そう利美が考えている間に、常盤は鯵の唐揚げを購入していた。見るからにカリッとしていそうなそれは、頭から尻尾までを丸ごと揚げており、迫力のあるサイズだ。スパイシーな香りもたまらない。

「よし、次行こうか」

常盤がすたすたと歩いていくのに慌てて利美もついていくと、次に常盤は『メロンパンぽるとがる』というパン屋の前で足を止めた。

「ここの海老名メロンパンはマストだな。ここの店、メロンパンしか売ってないんだ」

「ほ、本当だ、メロンパンだらけ!!　じゃなくて、その、そういうスイーツ系はべつに、必要ないのでは」

思わずメロンパンに反応してしまったが、けほこほと咳払いをしてごまかしつつ、小声で言ってみる。しかし常盤は利美を振り返ると、ニヤリと笑った。

「なぜだ？　グルメにスイーツがだめなんて話聞いたことねえよ。なんでも等しく、うまいものは紹介するべきだろ」

「それはわかりますけど、わざわざ購入する必要もないというか……」

「俺が個人的に食いたいんだよ。松川はべつに買わなきゃいいだろ」

それは、そうだが。しかし……好物のメロンパンを前に、自分は平静を保つことができるのだろうか。いや、できない気がする。ラーメンや丼、ポークもちまで食べたせいで、すっかり己の腹は甘いものを望んでいた。せっかくお茶で我慢する決心をしたのに。

ううう、と呻きながら力なく常盤のあとに続く。

さまざまな種類のメロンパンが並ぶ売り場の中でも、ひときわ大きい海老名メロンパンを常盤がトレーに入れる。その瞬間、後ろで、利美も同じものをトレーに置いていた。

「お、買うのか？」

「……記事のため、です」

ものすごく建前だとわかっていても、己の欲望を止めることができなかった。やっぱりどうしても食べたい。それも、ご当地グルメで大人気の海老名メロンパンとあっては、ぜひ食べて、腹の中におさめたい。

「お前、おもしろいなあ」

「それはどういった意味で、でしょうか」

「うーん。なんというか、いろいろと剝《む》きたくなるような？　イメージ変わったわ」

「セクハラで訴えます」

ムスッとした表情で睨むと、常盤がけらけらと笑う。そしてパンを購入すると、彼は最初に見たソフトクリーム、クレミアの店にも寄った。

「買うだろ？」

「仕事だから、仕方がありませんし」

「はいはい。じゃあ、仕事用にひとつ購入してくれ。俺はもう、両手が塞がって持てない」

右手に鯵の唐揚げ、左手にメロンパンを持って、常盤がひらりと両手をあげる。はあ、と利美はため息をついて財布を取りだした。

「すみません。プレミアム生クリームソフトひとつください」

「はい、おひとつですね」

店員が愛想よく受け答えし、手早くクリームソフトをつくった。普通のソフトクリームとはちがい、濃厚そうなクリームが、おしゃれな螺旋を描き、ケーキのデコレーションのようにピンと先を尖らせていく。そして、その下にはラングドシャのコーン。利美は思わずにやけた。

——そのとき。

「生クリームソフト、ひとつ」

隣で誰かが注文をした。受け取った生クリームソフトが倒れないように気をつけながら、利美はなんとなく隣を見あげる。

黒スーツ。黒サングラス。自分よりもずっと背の高い、大柄な男。

「あ」

三人の声がいっせいにハモる。男は片手に〝カレー味〟と書かれた鯵の唐揚げ三本パックを持っていた。

「なんだよもう！」

常盤は叫び、急いでふたりで出口に向かい、建物から飛びだす。常盤も利美もサービスエリアグルメで塞がった両手で、揃って後ろを見た。

黒スーツの男が、生クリームソフトと鰺の唐揚げを両手に追いかけてくる――。

やってられっか、と常盤が叫び、駐車していた車に向かって走る。利美も生クリームソフトに注意しながらあとを追いかけた。しかし頭の隅で思う。――たしか、追走する男はふたりではなかったか。

利美の記憶はまちがっていなかった。常盤の車に辿りついたとき、そこではもうひとりの男が膝をつき、人目に触れないよう車の陰に隠れて、電動ドリルでトランクに穴を開けようとしていた。

男はトランクに隠したあの箱を盗むつもりなのだ！

「てめえ、俺の車をこれ以上傷つけんじゃねえ！」

常盤が怒声を放った。

右手に唐揚げ、左手にメロンパンを持ったまま彼は走る。常盤に気づいた男がハッとしたように腰をあげる。――が、一歩常盤が早い。

渾身《こんしん》の足蹴りを男の足元に食らわす。たまらず尻もちをついた男の頭頂部に、常盤は容赦なくフロントキックを叩きこんだ。

「乗れ、松川！」

ガチャリと運転席のドアを開きながら常盤が怒鳴る。この状況に驚いて立ち尽くしていた利美も、ハッとしてソフトクリームとメロンパンを片手に持ち替え、ドアを開けると助手席に飛び乗った。

蹴りを食らわされた男が頭を押さえながら起きあがる。常盤はキーを挿しこみ、急いでアクセルを踏んだ。

回転したエンジンが派手な音を鳴らし、車が急発進する。

バックミラーを見ると、男はすぐさまそばにある黒い乗用車に乗りこみ、生クリームソフトを持つ男もあとに続いていた。車のスピードはぐんぐんとあがり、サービスエリアの出口から高速道路に入る。

「後ろ、ぴったり張りついてきてます」

「フン。次に俺達が車を停めたときを狙うつもりだろうな」

「では、このまま休憩なしで京都まで行きますか？」

勢いよくアクセル音が鳴る中、利美が常盤に聞く。前を見て運転を続ける彼は、ちら、とこちらを見た。

「生クリームソフト」

「え？」

「溶ける。ひと口寄越せ」

こんな事態になにを呑気なと呆れたが、たしかに生クリームソフトは今にも落ちそうだったので、常盤の前に差し出した。がぶっ、と大口を開けて食いついた常盤は、そのまま唇についたクリームをぺろりと舐める。

「うまっ！　京都まで突っ走りたいのはヤマヤマだが、そうもいかない」

「どうして⁉」

「単純な話だ。ガソリンが足りない」

　はっはっは、と楽しそうに笑う常盤。

「えーっ⁉　ガソリンなんて大事なもの、普通、サービスエリアについたらいちばんに入れるでしょうっ⁉　なにを呑気にグルメツアーなんてしてたんですかっ！」

「いやー、まさかこんなに早く奴らに見つかるとはな。まいたと思ってたのにしぶとい。サービスエリアを出るときにガソリンスタンド寄るつもりだったが、予定変更だな」

　スピードメーターの針は大きく右に傾いている。現在、車の量はそこまで多くなく、真後ろの黒塗りの車からは、絶対に離れないぞという気概が伝わってくる。

「どうするんですか？」

「しばらくは一緒にドライブだな。ほら、生クリームソフト食べろよ。すっげえうまかったぞ」

　まったく緊張感のない常盤に、利美は脱力してしまった。この男は恐怖を感じたり焦ったりしないのだろうか。バックミラーを見れば、サングラスをかけた男ふたりがこちらを見つめているのに。

すると、彼女の不安を察したのか「大丈夫だよ」と常盤が笑う。

「あの黒スーツの奴らは普通じゃない雰囲気満載だが、自滅覚悟の異常者じゃない。よくわかんねえけど、奴らなりに穏便な形で箱を狙っているんだ」

「車で突っこんできたり、車上荒らしもしようとしていたのに、穏便なんですか？」

「なりふり構わなかったら車を直接ぶつけてきただろうし、車上荒らしにしても、ドリルで鍵を壊そうとせず、バールでトランクぶっ壊してるだろ。俺ならそうする」

「……俺ならそうする？　なぜバール限定なんですか」

思わず目を細めて睨んでしまった。常盤は「ものの例えだ」と慌てて付け足す。

「とにかく！　こうやって俺のケツにぴったり張りついてきてるってことは、今は向こうも無茶するつもりはねえってことだ。つまり車中で焦ろうが仕事しようがメシ食おうが状況は変わらんってこと。だから、とっとと食え」

「なんというか、常盤さんって心臓に毛が生えてそうですね。ふてぶてしい」

「ほっとけ。溶けるぞ？」

前を見ながら軽く顎をしゃくる。たしかに、生クリームソフトはすっかり歪んだ形になっていた。常盤がひと口で半分ほどを食べたこともあって、ピンと先を尖らせていたクリームはくんにゃりしている。

溶けた生クリームソフトなんて、生クリームソフトに対する冒瀆《ぼうとく》だ。利美はバックミラーを見るのをやめ、ラングドシャコーンに盛られた生クリームソフトを見つめる。

「……食べます」

そう宣言して、利美はぱくっとクリームをラングドシャごと一気にかぶりついた。途端、口の中は広がるハーモニーでいっぱいになる。

「んんっ！　こ、これは！」

「うまいか？」

「うまいという次元を超えています。なんという濃厚な甘味！　生クリーム好きにはたまらない一品！　ミルクの風味をしっかり押しだしているのに、キレのある甘さはすっきりしていて、濃厚なクリームがくどくありません。それに、コーンの部分が、しっとりさくさく！　そしてクリームとの相性が抜群です。そう、これはまさしく、新しい高級スイーツ。可能ならばお中元などの贈答品にしたいくらいです」

ぱく、ぱく。さく、さく。

みるみるうちにソフトクリームはなくなっていく。ラングドシャのコーンなんて生まれて初めて食べた利美は、そのマリアージュに感動しっぱなしだ。

「ごちそうさまでした」

「うむ。そんな風に食ってもらえて、生クリームソフトも嬉しいだろうよ……」

「結構なお点前《てまえ》でございました……」

「よし、松川。そろそろ舌噛まないように緊張しろよ。ちょっと乱暴に行くからな」

「へ？」

常盤はアクセルを緩め、少しずつスピードをさげた。すぐ後ろを走る黒塗りの乗用車も、同じようにスピードを落としていく。

利美の心は一気に張りつめた。今、常盤が走っているのは左端の走行車線だ。しばらくすると、隣の車線に大型の運送トラックが現れ、常盤の車を抜いていく。常盤はそのトラックの隣に張りつく形でスピードをあげると、ぴったり並んで走り続けた。

高速道路から見える景色は忙しく通り過ぎていく。緑看板は、あと少しで御殿場ジャンクションだと示しており、その先、左の道路が新東名高速道路、そして右側が東名高速道路と分かれていく。

「今だ！」

突如スピードをあげ、常盤はトラックを追い越す。そしてすぐさま右へ指示器を出した。トラックの前に割りこんだ常盤は、さらに右の追い越し車線に入り、車をまっすぐに走らせる。

御殿場《ごてんば》ジャンクション。二手に分かれる分岐点は目の前にあった。バックミラーを見ると黒塗りの車はまだ一度しか車線変更をしておらず、大型トラックの後ろを走りつづけている。意味深に車線を変更した常盤の後ろにつくかどうか、様子を見ているのだ。

分岐点が近づく――。ようやく黒塗りの車は右に指示器を出した。追い越し車線に入り、常盤の後ろにつこうとする。瞬間、常盤がアクセルを踏みこみスピードをあげた。ふたたびトラックの前に出て、さらに左へ。

常盤の車は新東名高速道路に入り、そしてトラックが壁になって車線変更をしそこねた黒塗りの車は東名高速道路をそのまま走っていく。

「やった！」

「はあ……」

ふたり揃って、長いため息をついた。心臓が止まってしまうかと思うほどの、緊張した数分間。

「なんとかなってよかった。運よく、あの車の後ろに別の車がついてくれて助かったよ」

「スピードを落として左端を走っていたのは、トラックを待っていたんですね」

「そう。御殿場ジャンクションまでしばらくあっただろ。今日は平日だし、運送トラックなんかがバンバン走ってるからタイミングを待っていたんだ」

しかし、多少乱暴ではあったものの、鮮やかな運転技術だった。利美はあんな風に車を運転することなどできない。そうとう走り慣れていないと無理な芸当だろう。

「常盤さん。昔、運転手の仕事でもしてたんですか？　運転、すごくうまいですね」

「え？　あー……えっ、と、そういう所では働いたことねえけど、く、車が、好きで。そう！　ドライブが趣味なんだ」

「なぜどもっているのですか」

「どもってねえ。気のせいだ。暇なときはよくツーリングをしてたから、高速道路には慣れてるし。車好きはサーキットとか借りて走ったりもするから、スピード走行に慣れてんだよ」

うん、と自分で納得したように頷く。なんか怪しい……と利美が目を細めて睨んでいると、常盤はわざとらしく咳払いをした。

「さて、適当な所でガソリン入れるぞ。あいつらとはよほどのことがなければもう会うこともないだろう。もし合流地点なんかでガッチリ鉢合わせしたら、それはもはや運命だ」

「運命。たしかにそうかもしれませんね」

「そんな目に遭わないためにも、ここはのんびりせずに、ガソリン補給したらさっさと新東名高速道路を走りきってしまおう」

肩の荷を下ろしたようにホッとした様子を見せる常盤は、片手運転をしながらスラックスのポケットを探った。そしてチラ、と利美を見ると小さくため息をつく。

「なんですか？　人の顔を見て、ため息ついたりして」

「べつに。あ、俺、鯵の唐揚げ食おう」

コンソールボックスに置いてあった鯵の唐揚げを取り、さくっといい音を響かせる。「うまっ」と声をあげて、ひょいと利美に差しだした。

「ペペロンチーノだわ！　すげーうまいぞ。食うか？」

生クリームソフトでも戸惑ったが、さすがに他人の歯型がついたような食べかけなど口にできるわけがない。明るくて不思議な頼もしさのある男。でもデリカシーはなし、と思いながら、利美は「結構です」と断った。

駿河湾沼津《するがわんぬまづ》サービスエリアでガソリン補給をし、ふたたび京都に向かって走りだした車の中で、利美はパクッと大きなメロンパンにかぶりつく。ふっくらとした柔らかい食感と、ほんのりと優しい甘さ。砂糖がまぶされたクッキー部分は、しっとりとしている。

こんなにフワフワなメロンパンがあるなんて。たかがメロンパンと侮るなかれ。仕事中という罪悪感がちょっぴり胸を突き刺すけれど、食べてよかったと心から思えるメロンパンに出会えた。我が人生に悔いなし。

「どうだ？」

「限りなく、ふわふわです」

「はは、やっぱり松川って独特だよな。おも……」

「私、おかしいですか？」

常盤の『おもしろい』と言いかけた言葉に利美は反応する。

「全然。ずっとお前にメシ食わせたいくらいだ。松川の食レポ、もっと聞きたい」

「食レポ……そんな大層なものじゃないですよ。思ったことを言ってるだけです」

「そっか。じゃあ、これからも思ったことをどんどん言ってほしいな」

くすくすと笑って、常盤も運転しながらメロンパンにかぶりつく。

利美が両手でパンを持ってもくもく食べていると、ゴウッと風の音がして、車がトンネルに入った。オレンジ色の光を浴びながら、スピードを保って走りつづける。

「この辺はトンネルが多いんだよなあ」

「山が多いんですね。……そういえば、もうすぐ富士山ですか？」

「そうだなー。もう少し走って、新清水《しんしみず》インターの近くにきたら見えてくるかもな」

富士山。日本一の称号を持つその名峰は、名を聞くだけでわくわくしてしまう。これは日本人の性質なのだろうか。

トンネルを抜けたと思ったら、またすぐに次のトンネルに入る。そんな道が続き、やがて高架橋を通ったあとにさらに長いトンネルへと突入する。常盤が走行道路を走る横で、トラックや乗用車が追い越し車線を走り、びゅんびゅんと通り過ぎていく。

しばらくして、眩しい光がちらちらと見えはじめた。出口が近くなっているのだ。

なぜかトンネルの終着点というものはドキドキする。電車も、車も同じだ。次はどんな景色が待っているんだろうと、舞台が始まるときに緞帳《どんちょう》があがっていく、あの高揚感に似た気持ちになる。

ふわりとした光が目の前に広がった。暗いトンネルを出た視線の先にあったのは。

「うわあ……。すごい……」

素に戻った自分に気づきもせず、利美が感嘆の声をあげた。

隣で常盤が静かに唇の端をあげる。フロントガラスに映る景色の少し左側。そこには圧倒的な存在感を放つ富士山があった。

晴れということもあって、ロケーションは最高である。空は吸いこまれそうなほどのスカイブルーで彩られており、申しあわせたように雲ひとつない。

富士山は静かに鎮座し、淡々とその姿を見せていた。

壮大で、山肌がくっきりと見える。

だが、食い入るように見ていた利美の前に、小高い山が邪魔をしてきた。富士山がすっぽりと隠れてしまって「ああ」と残念そうに嘆きをあげる。すると常盤が「くっ」とたまらなくなったように笑いだした。

「そんなにションボリしなくても、次のトンネルを越えたらもう少し見れるから」

言うが早いか、すぐにトンネルに入った。今回は短く、ほどなく出口に出る。

するとふたたび、美しい山が目の前に飛びこんだ。ぱっと利美の表情が明るくなる。メロンパンを食べることも忘れて、その姿が見えなくなるまで景色を見ていた。

「……あっ」

存分に見おさめてから、ハッとして利美が目を見ひらく。

「どうした？」

「写真撮っておけばよかったです。資料に使えそうだったのに」

「ああ。まあ富士山なんて少し探せばいくらでもいい写真があるし、問題ないだろ」

「そうですね。でも、こんなに雲ひとつない澄みきった空で富士山を見ることができたなんて、得した気分です」

なんだか幸先《さいさき》がいい。

しかし、利美の表情はすぐに無表情へと戻る。富士山登場に興奮してしまったが、自分はこの業界と決別する。いったいなにが幸先なのだと、思わず自分に笑ってしまった。

ぱく、と力なくメロンパンを食べる。

「富士山、よかったな」

ぽつりと常盤が言葉を放った。利美はこくりと頷く。

「新幹線の景色もいいですが、高速道路からの眺めもいいですね」

「ふむ、ふたつの富士山はどう見え方がちがう？」

「新幹線から見える富士山はパノラマの景色がすばらしいです。山の形が一望できて、その手前に広がる静岡の町。私にはあの構図が、お城と城下町に見えるんです」

「つまり、富士山が城ってことか？」

常盤の合いの手に「はい」と返事をする。

「勝手な主観ですが、静岡に住む方はきっと、城下町に住むの人々のように、我が城、富士山を日々見あげているのではないかと思うんです。それほどの存在感がある」

「ふうん、なるほど。で、高速道路の方は？」

「こちらは新幹線で見るよりもずっと距離が近いですね。だからこそ、迫りくる感覚が圧倒的です。頂上の雪化粧もはっきりと見えて、美しさを再認識することができます。写真で見る富士山はたしかに完璧な美しさがありますが、ほんの五分程度しか見ることができないからこそ、写真にも勝る美しさがあるんだと思いました」

メロンパンを食べ終わり、ウェットティッシュで手を拭いてからノートパソコンを取りだす。ふたたび仕事に戻るのだ。

「……なんか、想像だけど。松川が添乗員やってる旅行は楽しそうだな」

前を向いたまま、ハンドルを持つ常盤が呟く。

京都の観光地リストを眺めてどんなプランにしようかと考えていた利美は、マウスパッドに滑らせていた指をぴたりと止めた。

「べつに、私がいてもいなくても、旅は楽しいものですよ」

「そうか？　同じ観光地の説明でも、おもしろく話すヤツとおもしろくないヤツがいるだろ。松川はおもしろい側だと思うんだけどな」

「そんなことありません。私は、つまらない添乗員だったから、派遣を辞めたんです」

「松川が自主的に辞めただけであって、べつに切られたわけじゃないんだろ？」

ぐ、と言葉に詰まる。常盤と顔を合わせてまだ一日も経っていないのに、なぜかこの男には暴かれたくないことをよく指摘される。

添乗員の派遣を辞めると口にしたとき、当時の上司は引きとめてくれた。同僚も励ましてくれた。利美自身、後ろ髪を引かれる思いもあったが、今辞めなければ絶対に後悔すると思い、意思を通した。

自分は添乗員という仕事が好きだったが、向いていないのだ。それをまざまざと思い知らされて、利美は辞める決意をした。

そして、今の支店長である目黒に拾われたのだ。目黒は添乗員だった利美の評判を聞いており、派遣会社を介して、たびたび利美の仕事ぶりを褒めてくれていた。転職のあてもなかった利美は、目黒の誘いに甘える形で、今の会社に入社した。

そうして流されるまま、旅行業界の隅っこにしがみついていた。それももう、近いうちに終わる。

「……ところで、プランの方はどうだ？」

常盤の口調が仕事モードに変わった。

「そうですね。常盤さんがドライブ旅行の提案なので、そちらをファミリー層狙いと想定して、私はシニア層や女性層を狙ってみようかと思っています」

「ああ、いいんじゃないか。車はたしかに家族旅行が多そうだからな。でも、それならどんなプランがいいかねえ」

トントンとハンドルを指で叩きつつ、常盤が首を軽くひねる。

「歴史の時代を限定的に絞って、そのゆかりの地を巡るとか。今は〝歴女《れきじょ》〟も多いですからね。シニア層は、昔の映画やドラマで使われたロケ地を巡るとか、いいんじゃないかなって思うんですけど」

「んー、そうだな。だが、ロケ地を使うならよほど有名だった所でも採用しないと、魅力に繋がらないから、それだけをピックアップするのは難しいと思うぞ。シニア層は観光よりも、もっとホスピタリティに価値を置いてもいいかもしれない」

「おもてなし……つまり、高級志向で攻めるべきだと？」

「ああ。今まで松川は安価なプランばかり練ってきたから、いきなり高級志向と言われてもピンとこないかもしれない。でも、一定のシニア層には安さより質を取る客もいるんだ」

なるほど。優れたプランナーである常盤は、アンテナをいくつも立てて、さまざまな情報をいち早く摑みとっているのかもしれない。人気のツアーをつくるには、毎日の努力が必要不可欠なのだ。

「女性層の史跡巡りはいいと思うぞ。観光地の目星はついているのか？」

「まだ途中ですけど、時代の流れにそって、ストーリー仕立てに巡行するのはどうかなって思っています。京都には、おいしい和スイーツの店も多いですから、途中で休憩を取ってもいいかもしれませんね」

おいしいスイーツを思い出しつつ、うっとりとした表情で話す。常盤は軽く笑った。

「松川のおすすめなら、絶対うまいんだろうな。俺も食べてみたいよ」

「機会があれば紹介したいですけどね。とりあえず、シニア層は考えなおしてみます」

ぱたぱたとパソコンのキーボードを叩く。常盤は「楽しみだ」と目を細めた。

それから数十分。車が順調に西へ向かって走っていく中、利美の頭がかくっと揺れた。

「……ま、まだ、静岡、ですか？」

「まだまだ静岡だなー」

車を走らせながら常盤が返事をする。カーナビに記された地図を見ると、たしかにしばらく静岡県が続くようだ。

代わり映えのない風景。心地よいエンジンの振動。

ふたたびかくり、と首が落ちそうになった。いけない、と自分に活を入れ、瞳をくわっと見開く。しかしすぐにまた睡魔はやってきて、まぶたがとろりと落ちそうになる。

……車で眠くなったことなんてなかったのに。

そういえば、こんなに長距離のドライブは生まれて初めてだった。おまけにお腹もいっぱいで、利美の脳には絶え間なくメラトニンが分泌されている。

がくっと、もう一度首が落ちそうになる。

ぐっとお腹に力を入れて目を開いていると、常盤がついにこらえきれず、くっくっと笑いだす。

「寝ていいぞ?」

「眠くありません」

「いやーそれ、説得力ねえよ。さっきからカクカク首が落ちてるし」

「気のせいです」

しかし、油断するとまたふっと意識が遠くなる。ぷるぷると首を振って自分の頬をぺちぺち叩いた。

「ちょっと寝ておけ。起こしてやるから」

「そんな……。だって、常盤さんは運転しているのに」

「腹がいっぱいになって、こんなに天気がよくて、しかも運転してなければ眠くなるのは仕方ねえよ。俺だって助手席に座っていれば眠くなる自信がある。今日はもう有給なんだし、今ここに松川を叱責する人間なんていないんだから、ちょっとだけでも休んでおけ」

な？と横目で見られた。どうして彼は、こんなにも優しい言葉をかけてくれるのだろう。もしかして、この男は誰に対してもこんな態度なのだろうか。そうだとしたら、かなりの罪つくりだ。

「……すみません、では、少しだけ。十五分したら起こしてください」

睡魔が襲ってきて、頭がまったく働かない。

ここは素直に彼に甘えよう……と、利美は静かに瞳を閉じた。

――ゆさゆさと、優しく肩が揺すられる。

「松川。まーつーかーわ」

ゆさゆさ。その揺らし加減が気持ちよくて、つい、にへりとだらしない笑みを浮かべてしまう。

「起きろ松川。パーキングエリアについたぞ」

「ん、ぱーきんぐえりあ……」

まどろみから、徐々に意識が定まる。すうっと利美が瞳を開くと、目の前に常盤の顔があった。

「きゃあ！」

べちっと常盤の鼻を手のひらで叩く。常盤は「おい」と不本意そうな声をあげた。

「声かけても反応ねえから起こしたっていうのに、鼻ビンタはねえだろ」

「す、すみません。びっくりするとつい、手が出てしまって」

不可抗力なのだ。なにか考えるよりも先に手が出てしまったのだから、叩かれるのが嫌ならもう少し離れてほしい。

ともあれ、利美は身を起こして車を降りた。まだ目覚めていない頭を振りながら辺りを見ると、なぜか目の前に大きな観覧車があった。

「えっ、ここはどこですか」

「愛知県の刈谷《かりや》ハイウェイオアシスだよ」

「ハイウェイオアシス？　観覧車があるんですけど、パーキングエリアに遊園地があるんですか」

驚く利美に、常盤がぷっと噴きだす。

「遊園地じゃねえよ。でも、ここは〝テーマパーク〟の入場者数で全国三位になったこともあるんだぞ。一般道からも入れるし、観覧車の他にも温泉とかアスレチックもあるし。そういえば、EXPASA《エクスパーサ》富士川《ふじかわ》にも観覧車ができたらしいな」

「さ、最近のサービスエリアはすごいですね。施設が充実してる……」

ブツブツと呟く利美のそばを、常盤が通り過ぎていく。

刈谷ハイウェイオアシスは、平日にもかかわらず小さな子供を連れた家族連れが多かった。きっと目的は観覧車やアスレチックなのだろう。

子供向けのミニ遊園地は、ゴーカートやメリーゴーランドなどに一〇〇円以下で乗れる。地元農家直送の新鮮な野菜や、三河湾で揚がった海の幸が並ぶ市場もあり、家族で訪れたら楽しいだろうな、と利美は思う。

ぐるりと敷地内を一周したふたりは、『セントラルプラザ』にやってきた。

「あの、さっき私、どれくらい寝ていたんですか？」

思い出したように利美が聞く。

「三十分くらいかな」

「……十五分くらいで起こしてくださいって、言ったのに……」

「起こしたぞ？　声かけて。でも松川はぐーすか寝てて、全然起きなかった」

利美は屈辱の表情を浮かべる。声をかけられたにもかかわらず熟睡していたなんて、恥ずかしいにもほどがある。

「すみません。今後はこのようなことがないようにします」

「べつにあってもいいだろ。俺も昼飯のあとにちょっと寝たりするし、今はとくに仕事中ってわけでもねえんだから」

「それは……でも、たとえ有給でも半分は仕事しているわけですし」

「仕事中は寝るなど厳禁。ひたすら仕事に精を出せ、か？」

常盤が顔を向けてくる。同意のつもりで利美が頷くと、彼はニヤリと笑った。

「まあ否定はしない。だが、俺達の仕事はガリガリ根詰めても正当な評価がされる仕事ではない。真面目にやったところで数字が取れなきゃ落胆され、多少不真面目でも数字さえ取れたら構わない。そういう職場だ」

「だから、居眠りくらい許される、と？」

「ああ、いいんじゃないか？　仕事さえすればな」

くく、と含み笑いをし、常盤が施設内に入っていく。それを聞いた利美は、ムッとして彼に反論する。

「それは暴論です。数字さえ取れたら、なにをやってもいいんですか？」

「いいと思うけどなあ。逆に、なんでだめなんだ？」

「不公平だからです。だって、真面目に仕事してる人にとってみれば、ずるいじゃないですか」

歩みを止めてうつむく。常盤は体ごと振り返り、利美を見おろした。

「なら、ずるいって思うヤツがみんなこの仕事をしたらいい。それで、確実に人を集めるツアーを企画しつづけたらいい。数字が出れば会社は手放しで喜ぶ。多少サボろうが、目を瞑ってもらえるさ」

「そんな。それができないから、ずるいんじゃないですか」

「そう思うのは、自分の仕事に不満があるからだろ。俺からしてみれば、そんな人間の方がよほどずるいと思う。自分ができないことを棚にあげて、人に文句を言うんだからな」

常盤はフン、と鼻で笑う。

「はたから見て楽そうだから、なんて理由でずるいと言う人間は嫌いだ。それなら俺の仕事をやってみろって思う」

「…………」

吐き捨てるような彼の言葉には棘《とげ》があった。言葉を失って立ちすくむ利美に、彼は、

「あ……」と呟き、がしがしと頭を乱暴に掻いた。

「すまん。言いすぎた。えっとつまり、俺が言いたいのは多少の居眠りくらい、いいじゃねえかってことなんだ。松川が仕事してるのはわかっていたし、こんな妙な事態に陥ってもお前はちゃんと頑張ってる。だからな」

「あ、えっと……私もすみません。つい、売り言葉に買い言葉みたいになってしまって」

セントラルプラザの中で、互いにしどろもどろになり謝りあう。そんなビジネススーツのふたり組を、通りがかりの客が不審そうに見ていった。

利美は次の言葉が思いつかなくて、意味もなく手の指を絡ませる。

常盤は本気で「数字さえ取れたらなにをしてもいい」と思っているわけではないのだ。ただ、利美の仕事に対する姿勢を心配しただけ。言葉はちょっとキツかったが。

だいたい、いい加減な気持ちで仕事をしていて、あんなに集客力のあるプランがつくりだせるわけがない。彼は本来、サボる時間などないほど、真面目に仕事に取り組んでいるはずなのだ。

この人は、一見なんの苦労もしていなさそうに見えて、本当は誰よりも頑張っているのではないだろうか。利美なんかよりもずっと。

仕事の時間が終わったとしても、いい企画を思いつかなければ夜通し悩んだこともあっただろう。この男に就業時間は関係ないのかもしれない。パッケージツアーという新たな商品ができあがるまで、彼の仕事は終わらないのだから。

「常盤さんは……今の仕事を、楽しいと思っているんですか？」

口から疑問が滑り落ちる。まったくの無意識で、おもわず出た言葉に利美がハッとして唇を押さえると、常盤が優しく目を細めた。

「楽しそうに見えるか？」

「最初は楽しそうに見えましたが、今は、わからなくなりました」

「そうか。まあ、半分は楽しいよ。でなきゃ、仕事ができない」

そのとき、通りかかったお土産コーナー。その一角にういろうの専門店があった。

「おっ、ういろうだ。この辺だと、やっぱりお土産は愛知がメインになるよな」

その『虎屋《とらや》ういろ』という店は風格があり、老舗ならではの存在感がある。

ガラスのショーケースに並べられたういろうはどれもおいしそうで、利美は思わず見入ってしまった。

「ひとつ、買うか？　お土産に」

「……買っていいんですか？」

「べつに買い物くらいしてもいいだろ。松川はういろう食べたくないのか？」

「食べたいです‼」

間髪容れずに答えると、常盤がクックッと笑った。

「じゃあ選ぼう。会社にひとつ、自分用にそれぞれひとつ、合計三つか？」

「伊倉さんが甘いもの好きだから、もうひとつほしいですね。四つにしましょう」

ういろうはカラフルで、何層にも重なり綺麗な柄がついたものもある。利美は懸命に厳選し、紫陽花《あじさい》柄のかわいらしい『紫陽花ういろ』を伊倉用に、会社用には『桜ういろ』、そして最後に悩んでから自分用の『伊勢茶栗ういろ』を選んだ。

常盤は『よもぎういろ』を購入し、ふたたび歩きだす。大人しく利美がついていくと、今度はテイクアウトの専門店で足を止めた。つられて利美が見ると、そこでは点心を扱っているようだった。

「手づくりにこだわってる『ウァン』って店だ。少し前に食べたことがあってうまかった」

「へえ……手づくりっていいですね」

「なんとここの名物は、松阪牛まん。名前からしてうまそうだろ？」

「松坂牛って、あの高級な⁉」

「そうだ。それがこんな手軽でリーズナブルに食べられるなんて幸せだよなあ」

こくこくと利美が頷く。

常盤が松阪牛まんをふたつ購入し、食べるためにフードコートの空席を探していると、利美はちょうどそばにあった店で立ち止まる。

「『ざめしや』。このお店、料理を一品ずつ選べるみたいです」

「好きなおかずだけ買えるって、選ぶ楽しさがあっていいよな。なにか気になるものでもあるのか？」

常盤が松阪牛まんを両手に聞いてくる。利美は頷き、自分が目にしてしまったおかずを指さした。

「あそこの、『味噌から揚げ』がおいしそうなんです。ここ、愛知の味噌といえば……」

「八丁味噌か。なるほど、松川のグルメアンテナが反応したんだな」

くっくっと常盤は笑いだす。そして利美に松阪牛まんをふたつ、渡した。

「俺が買ってくるから、松川は席に座っててていいぞ」

「あ……ありがとうございます」

礼を口にして、利美は空いている席に向かう。しばらくして、トレーに味噌から揚げをのせた常盤がやってきた。

「ほら、食べよう」

常盤が席につき、割り箸を渡してくれる。

つい先ほどまでシリアスに仕事の話をしていたのに、彼はもう気にしている様子はない。

彼とちがっていろいろと引きずってしまう利美は少し困ったような顔をしながら、目の前に並ぶ唐揚げと松坂牛まんを見つめた。どちらも惹かれる……どっちから食べよう。利美はひとしきり悩んだ結果、唐揚げを箸でつまんだ。そしてさっくりとかじる。

「あっ……」

じゅわりと唐揚げからあふれだす肉汁。それを啜《すす》って、もうひと口。

「んっ、外はカリッとして、中がジューシー！　ソフトな味わいで、甘辛い八丁味噌がしっかりと唐揚げを包み込んでいます」

クワッと目を見開くと、常盤が茶碗を片手に持ちながら、笑いをこらえるように肩を震わせていた。

「やっぱりおもしれえ……」

「ま、また！」

「ははっ、たしかに八丁味噌と唐揚げはうまいな」

常盤も豪快にひと口で唐揚げを食べる。おもしろいことを言っているつもりのない利美は少しの間、彼を睨んでいたが、気を取りなおして唐揚げを食べた。

「この、愛知の八丁味噌は味が濃くて独特ですね。私は大好きです。くどくないのにドッシリした重厚感があって、それなのに口当たりはサラッとしていて、あとを引く甘さがある。この味こそが、どんな食材でも合うのでしょう」

あっという間に味噌から揚げを食べてしまった。

利美は温かいお茶を飲むと、いそいそと期待に満ちた目で松阪牛まんに手を伸ばした。

「松川は、さ」

常盤もぱくっと松阪牛まんにかぶりついて、話しかけてくる。ほわほわして柔らかい松阪牛まんの手触りにほっこりしていた利美は、慌てて顔をあげた。

「仕事に楽しさを求めることはナンセンスだって言ってたけど、俺は仕事にこそ楽しさを求めるべきだと思うんだ」

「仕事にこそ、ですか？」

「うん。だって俺達の仕事は楽しさを売る仕事だろ？」

常盤はぱくぱくと松阪牛まんを食べきり、お茶をごくごくと飲む。彼は食べるのが早いが、ちゃんと味わったのだろうか。せっかくの松坂牛だというのに。

「〝あーすっげー俺天才！　こんなツアーがあったら俺絶対頼むね。すぐ予約するね。こんなにおもしろそうなツアーなら喜んで五万くらい払ってやるよ！〟」

「は？」

「今、北海道旅行を想定してみた。ここまで言うと大げさだが、それくらいの気概で俺は仕事してるってことだ。そりゃ、より安価がいいって言う客がいるのは確かだが、どんな客でも、必ず持っている願望がある。俺はそれをなにより重視している」

「どんなお客さんも持ってる願望……？」

コン、とお茶の入っていた紙コップをテーブルに起き、常盤は頷くと、真剣な瞳で利美をまっすぐに見つめた。

「それは旅を楽しみたいという願望だ。俺達が旅を楽しみたいと思う気持ちとまったく同じもの。値段云々《うんぬん》はシビアだが、すべての前提はその願望に集約できる。だから売る側も楽しいという気持ちを持ってなければ、売れるものはつくれない」

利美はうつむく。

それはかつて、まさに自分が思っていたことだ。自分が楽しいと思うものを提示すれば、お客さんもきっと乗ってくれる。自分がおもしろいと思うものは相手にも魅力的に映るはずだと、そう思っていた。

しかし、それはすべて独りよがりだった。自分が魅力的だと思うものが、相手もそうだとは限らない。

でもそんなことは常盤にもわかっているはずだ。自分の価値観が世論のすべてではないことを知っているはず。それなのに、どうして彼は、胸を張って自分が楽しいと思える旅を売ることができるのだろう。

「松川。たとえ自分の〝楽しい〟が否定されても、自分自身が楽しむことはやめるな」

「……常盤さん」

「万人に受ける企画なんて世界中探してもあるわけがない。俺達は結局、相手の願望に寄りそい、相手の価値観に合わせて自分が楽しいと思える旅を提案するしかないんだ。客の要望から、その人が旅になにを求めているのか。その心を読み取る。松川にはできるはずだ。お前は、旅することが好きなんだろ」

ニッコリと笑って「食べろよ、うまいぞ」とすすめてくる。利美は慌てて、まだ温かさの残る松阪牛まんを頬張った。

ほわっとした柔らかい皮はほんのり甘くて、優しい味わい。その中に入っていた松阪牛は甘辛く煮つけてあって、醬油の風味がした。

「おいしい……。これが本物の肉まんなのかも……。松阪牛は柔らかくて、すき焼き風に味付けてあるせいか、今まで食べたことのない感動があります。しかもお肉がぎっしり詰まっていて、食べ応えがあります！」

ほっくり食べて、幸せのため息をつく。ゆっくりとゆっくりと、松阪牛のおいしさを嚙みしめる。

「本当に、よく味わって食べるよな」

「こんなにおいしいものを、三口でパクパク食べる常盤さんの神経が理解できません」

「ひでえ！　俺は移動しながら食うことが多いから、早食いがクセになってるんだよ。でも、そんなにおいしそうに食べるなら、大山田《おおやまだ》パーキングエリアにも行きたかったなあ」

常盤が頬杖をついて、懐かしむような表情をする。

「大山田パーキングエリア、ですか？」

「そこにも、松阪牛があるんだ。その名も松阪牛一〇〇パーセントコロッケ。これがうまいんだ」

「松阪牛一〇〇パーセントコロッケ……！」

ごくっと生唾を飲む。名前からして、なんて食欲を煽《あお》られるコロッケなのだろう。

「マッシュされたじゃがいもの中で、松阪牛のミンチがけっこう主張強くてさ、揚げたてですげえうまいぞ。でも、残念ながら今回は寄れないんだよな」

「そ、そうですか……コロッケ」

利美はしゅんとしてうつむく。そんな彼女の様子に、常盤が笑いをこらえるように手で口を覆った。

「時間があったら、遠回りして寄ってもよかったんだが、あくまで俺達の目的は京都に行くことだからな。また、機会があったときに寄ればいいさ」

「……そうですね」

残り少なくなった松阪牛まんをちぎって口に入れ、利美は頷く。

そう、高速道路とはあくまで、目的地に辿りつくための移動手段。サービスエリアやパーキングエリアだって本来、休憩のためにある。

それでもこんなに魅力的なグルメで溢れていて、観覧車なんてアトラクションがある場所もある。不思議だと思うと同時に、それも旅の魅力だと利美は感じた。

旅の目的地にわくわくした思いを馳《は》せる気持ちと、旅の道中を彩るたくさんの出会い。

利美が今食べている肉まんもそうだ。本来それは、単なるホットスナックにすぎない。けれど、特別感がある。おいしい食べ物との出会いは、心に思い出をつくる。……また、ここに来たいと願う。

それは旅を楽しんでいるからに他ならない。

そう、何度も否定していたが、利美は楽しんでいた。この、妙なことから始まった日帰り旅行を心から楽しんでいたのだ。しかしこれは遊びじゃないと言い聞かせて、楽しむことを否定してきた。

本当は楽しんでしまうことが怖かったのだ。利美はこれ以上、仕事を通じて旅を好きになりたくなかった。

だって、今度こそ。次に〝なにか〟あったら。私は大好きだった旅を、嫌いになってしまう——。

最後の松阪牛まんを食べ終え、利美は不安げな表情を浮かべながら、頬杖をついて呑気に辺りを見まわしている常盤の横顔を見つめていた。

ドライブこぼれ話 MEMO 1

菩提寺《ぼだいじ》パーキングエリア（下り）スナックコーナー・フードコートでは、そばやうどんを注文すると、ネギやわかめのトッピングを好きなだけ入れることができます。

あっさりした関西風の出汁と、肉の旨味が味わい深い肉うどんにはネギをたっぷりと。出汁を吸い込んだ天ぷらがたまらないそばには、油と相性のいいワカメをお好みで。入口でお出迎えしてくれる、滋賀県の名産品である信楽焼《しがらきやき》のかわいいタヌキ親子にも注目してみてくださいね。

東京~京都間、食べ歩き逃避行

完全にまくことができたのか、追っ手はどこにも見あたらない。利美達の車は亀山《かめやま》ジャンクションで京都方面へと分岐し、新名神高速道路に入る。最初こそ快適なドライブだったが、しばらくすると都会ならではの渋滞に巻きこまれる。ちょうど仕事帰りの時間に鉢合わせてしまったようだ。

とくに京都南インターチェンジで降りるときは圧倒される混雑ぶりで、辟易《へきえき》するほどだった。

なんとか渋滞を抜けだした頃にはすっかり日も暮れ、東京を出てから、七時間近くが経っていた。

「やっと京都ですね!」

「ああ。あの変な車も追ってきていないようだし、なんとか着いたな」

そう言って常盤は、国道一号線を北に向かって車を走らせ、道なりに進んで四条通《しじょうどおり》に入る。夜の祇園四条は繁華街ならではの照明で輝いていた。この独特のきらきらした輝きは、どの繁華街でも同じようなものだが、利美にはその輝きさえ上品に見える。

市バスが忙しそうに走る大通りを縫うように進み、東大路通《ひがしおおじ》の手前で側道に入った。ひとつ道が逸れただけで、繁華街の騒がしさは一変し、照明もぽつぽつとした街灯が灯るばかりになる。

古い町屋が並ぶ小路を徐行して通り、車は箱の届け先である和菓子屋に到着した。

「花華堂……ここか？」

店の駐車場に車を停め、フロントガラス越しに看板を見あげる常盤に、利美が頷く。

「そうです。お店は閉まってますが、ここで合ってます」

トランクから青い発泡スチロール箱を取りだし、手で持つ。

この箱を託した堀川は、まさか利美達が自ら京都に行くなど思っていなかっただろう。利美だって想定外だった。そういえばあの妙な男達は、御殿場でまいてから一度も見ていないが、諦めたのだろうか。

彼らが追ってくる理由はいまだ不明なままだ。

「行こうか」

覚悟を決めたようにきっぱりと常盤が言う。利美も頷いた。

……ようやく旅も終着地。

ただ荷物を渡すだけなのに、ひどく緊張する。

花華堂は町屋の一部をリノベーションし、店舗にしている。二階の窓は黒い木枠の柵で囲まれていて、一階の店舗は自動ドアがあるものの、十九時を過ぎた今は閉店しているから施錠されている。

店の横手の、人ひとりがなんとか通れるような狭い石畳の小道を進んだ。道はほどなく行きどまり、左側に古い引き戸の扉が現れる。おそらくここが、住居部分だろう。

押すぞ、と常盤が口にして、小さな呼び出しベルを鳴らした。彼もどことなく緊張しているようだ。

「どなたでしょうか？」

しばらくして屋内からぱたぱたと人の足音が聞こえ、古い引き戸が細く開けられた。

「夜分に失礼致します。私はクレール・トラベルの常盤と申します。じつは、堀川さんより荷物をお預かりしておりまして、届けに参りました」

「はあ……。荷物……ですか？」

相手の顔も見えない引き戸の細い隙間から、戸惑いの声が聞こえてくる。利美は慌てて常盤の前に立ち、引き戸の隙間に向かって話しかけた。

「すみません。堀川拓郎《たくろう》さんのお願いできました。東京の大学病院に入院されてますよね？私、よくお見舞いに行っているんです。それで彼から頼まれまして」

「まあ、お義父《とう》さんからですか？　ちょっと待ってくださいね」

一度引き戸を締め、カチャカチャと鍵を開ける音がする。やがてガラリと引き戸が開けられた。目の前に現れたのは白いエプロンを腰に巻いた女性。年齢的には利美より少し年上だろうか。

利美はぺこりと頭をさげ、青い発泡スチロール箱を軽く持ちあげる。

「初めまして、松川と申します。これが堀川さんより預かった物です」

「もしかして東京からわざわざこのために来はったんですか？　申し訳なかったですね」

「いえ。……その、仕事もありましたので、お気になさらないでください」

まさか謎の黒スーツ男に追いかけられてやむなく、とは言えない。とにかくこの箱さえ渡せば自分たちの役割は終わるのだ。利美は女性に箱を渡そうとした。

「どなたですか？」

そのとき、家屋の奥から低い男性の声がして、スリッパを擦る足音がした。女性が振り返ると、紺色の作務衣《さむえ》に白いエプロンを巻いた男が立っている。見た目から判断して、常盤と同じくらいの年齢に見えた。

「党真《とうま》さん。あ、こちらのお客さんはお義父さんのお見舞いに行ってくれはった人なんやって。なんや、お義父さんから預かりものがある言うて、いらしたんよ」

「父の？　そうですか。……父の容態は、どうでしたか」

「ご本人は小康状態だとおっしゃっていました。ただ、起きあがってお話しができる程度にはお元気でしたよ」

利美が答えると、男は少し安心したように「そうですか」と頷いた。

「なかなか私どもは京都を離れることができなくて、見舞いにほとんど行けず、父には寂しい思いをさせています。私は息子の党真と申します。それで、荷物とは？」

「これです」

先ほど女性に渡そうとしていた青い箱を見せる。覚真は興味深そうに目を丸くした。

「これはまた、ずいぶん厳重にガムテープで封印されていますね。中身はなんでしょうか」

「堀川さんはお菓子の材料だとおっしゃっていました」

「……そうですか。父は、ここに届けるようにと？」

「はい。堀川さんのお店といえば、ここですよね？」

彼は「京都のうちの店」と言っていた。利美は、この場所以外で彼の店を知らない。支店なんて聞いたこともないので、『花華堂』で合っているだろう。

すると覚真は、なぜか嬉しそうに頷いた。

「そうですよね。父の店といえばここしか思いあたらない。――当然の話でした。それでは荷物を受け取ります。東京からわざわざきてくださったのに、大したおもてなしもできなくて、すみませんね」

「こちらこそ、夜分にお邪魔して申し訳ありませんでした。また日を改めて、花華堂のお菓子をいただきに参ります」

ぺこりと頭をさげると、覚真は優しく目を細める。

「あなたはお若いのに、とても礼儀正しい方ですね。父と知り合いであることも納得できる気がします。……まったく、弟にも爪の垢を煎じて飲ませてやりたいですよ」

「弟さん、ですか？」

「失礼、こちらの話です。では改めて」

ゆっくりと党真が両手を差しだした。利美は発泡スチロール箱を彼の手に渡そうとする。

「――おい。それは俺の荷物や。兄貴宛てやないで」

突如、後ろから聞こえた低い声に動きが止められた。

いったいなんなのだと、利美は内心げんなりする。なかなか箱を渡すことができない。

利美は横を向く。照明のないまっ暗な路地に、背の高い男が立っていた。その男も党真と同じ作務衣を着ており、頭には白い手ぬぐいをスカルキャップのように巻いている。

「和真《かずま》。なんでここにいる」

利美に対する穏やかな声とは一変して、不機嫌な声を出す党真。和真と呼ばれた男は狭い路地からこちらを睨《にら》んでいた。

「兄貴に釘刺しとこ思てな。やけど、グッドタイミングやったみたいやなあ。思てたよりずっと荷物届くんが早かったけど、念のためにきてよかったわ。ソレ、兄貴宛てちゃうからな」

「なにを言ってるんや。これは親父からこの店に届けるように言われてきた荷物や。お前には関係ない」

「それがアリアリなんやなあ。なあ兄貴、なんで俺がその荷物のこと、知ってると思う？」

暗がりの中、和真は勝ち誇ったように笑う。対して党真は、眉をしかめて「まさか」と呟く。

「親父から電話がきたんや。夕方頃やったかなあ。荷物が届くから受け取ってくれって。

せやからそれは、俺のもんや」

「な……なんでやねん！　なんでお前んとこに連絡がきてるんや！」

「俺に用があるからに決まってるやろ。でも、ソレ届けにきたアンタらは、俺が今この店におらへんって知らんかったんやな。せやから、それ俺に渡し。親父は俺にその荷物を送るつもりやったんや」

ほら、と片手を差しだされる。利美は荷物を弟に渡すべきか迷った。その瞬間、覚真が利美の手からサッと箱を取りあげる。

「これは俺のや。届けにきた松川さんは、親父から京都の店に届けてって言われてきたんや。親父の店っつうたらここやろ。それに、親父がお前に連絡するわけがない」

「なんやと！　それは俺のやって言うてるやろうが。兄貴は関係あらへん。よこせこのアホ！」

「うるさいこのボケ！　親父がお前をひいきするなんておかしいに決まってる。これは俺のや！」

売り言葉に買い言葉とはまさにこれだ。あんなに穏やかそうに見えた覚真が苛立ちを剝き出しにしている。ついには互いに罵詈雑言《ばりぞうごん》を浴びせあい、暗く狭いスペースで取っ組み合いを始めた。青い発泡スチロール箱は彼らの頭上をポンポンと飛び、かつてないほど乱暴に扱われている。中身は割れ物ではなさそうだが、利美は思わずポカンとしてしまった。

「ちょっと、ふたりとも落ちついてください。落ちついて、痛《いて》え！」

「わっ！　常盤さん大丈夫ですか!?」

喧嘩を止めようと、ふたりの中に割って入った常盤の顎に拳が飛んできた。明らかに痛そうな音がして、利美は慌てて常盤に駆け寄る。顎を殴られた彼は顔をのけぞらせていて、その表情が見えなかった。

だが、常盤はすぐに頭を振り、ギロリと喧嘩中の兄弟を睨みつけた。

――非常に迫力のある、凶悪な笑みを浮かべて。

「てめえら……、人の顎殴っておいて、謝りもしねえのかよ……」

「常盤さん。落ちついてください」

「上等だ！　まとめて面倒みてやろうじゃねえか、この野郎、俺も混ぜろ！」

「なんで混ざろうとしているんですか!?　ちょっと、ここ出ましょう。やめてください！」

利美は咄嗟に箱と常盤の腕を摑んで、引きずるように路地から出る。後ろを見ると激しい兄弟喧嘩はまだ続いていて、玄関口ではあの白いエプロンの女性が、おろおろしながら利美に何度も頭をさげていた。

ようやく路地を抜けて古い町屋の並ぶ側道に出ると、利美と常盤は長いため息を同時につく。

「すまん……。ちょっとキレちまった」

「巻き添えで殴られたんですから、怒るのも無理はないです。でも、困りましたね。なにか事情がありそうですけど」

「そうだな。でも、俺達には関係ないし……って！　松川、なんでその箱持ってきてるんだ！」

常盤が驚いた声をあげた。

「すいません。箱の扱いが乱暴すぎて、あのままだと潰されそうだったので、つい」

利美の両手にはしっかりと青い箱がある。

「まあ、その心配はわからないでもないが……」

常盤も路地の奥を見る。ふたりはまだ胸倉を摑みあっている。肝心の箱のことなど、頭から抜けているようだ。

「……あれはしばらく続くだろうな。もしかしてあのふたり、顔を合わせる度にこんな喧嘩をしてるのか？」

「そんな感じがしますよね。とりあえず箱は、あの女の人に渡しておきますか？」

最初に玄関に出てきた大人しそうな女性なら話を聞いてくれるかもしれない。問題はまた取っ組みあいの中に入って、彼女の所まで行きつかなければならないことだが。

「俺が行くよ。松川はここで待っていてくれ」

はあ、と常盤がため息をつき、利美が持っている箱の持ち手を握ろうとしたそのとき、後ろで、車が止まる音がした。

ふたりは同時に振り向く。目の前には、黒い乗用車。つやつやに磨かれたその車は月明かりを反射していて、いっそう美しく黒光りしている。

「あっ、あの車」

利美達が驚愕の表情を浮かべた途端、ドアが開く。助手席から出てきたのは、細身で背の高いブラックスーツを着た例の男。彼のあとに続いて、運転席からも大柄な男が飛びだしてくる。

今度こそ逃がさないという、鬼気迫るものがあった。男達は利美の持つ箱めがけて距離を詰めてくる。

「後ろに跳べ、松川！」

常盤が鋭い声で指示をする。利美は思わず、ぴょんと跳ねるように後方に下がった。それと同時に、常盤が地面に両手をついて体を伏せ、長い足を前に蹴りだす。

利美の方しか見ていなかった男達は常盤の足に引っかかり、折り重なるように地面へと崩れ落ちた。

「走れ！」

常盤が箱を小脇に抱えて走り出す。利美も彼のあとを追い、ふたりはほどなく祇園四条の大通りに出た。

「あいつら、なんで俺達の居場所が……！」

「常盤さん、追ってきてます」

夜の祇園四条は活気があり、人々が騒がしく行き交っている。

男達は暗がりの道からこちらに向かって走ってきた。常盤は利美の手を摑むと、人々の間を縫うように進んでいく。

祇園から四条河原町に続く道。歌舞伎で有名な四條南座を通り過ぎ、鴨川の流れる四条大橋に出た。そこには大きな交差点があり、ちょうど横断歩道の信号が点滅している。

利美を引っぱる常盤の力が強くなって、人の波に紛れて横断歩道を渡った。

すると、利美達の後方からけたたましいクラクションが鳴る。常盤は後ろを振り返り、しかめ面をした。

「あいつら、堂々と信号無視かよ！」

利美達を追いかける黒服たちは、クラクションが鳴り響く横断歩道を渡っていた。

どうしたらいいのかと戸惑う利美とは逆に、常盤は冷静な表情で素早く辺りを見まわす。

「松川、あれに乗るぞ！」

「あ、はい！」

常盤に腕を引っ張られ、利美は急いで彼に続いた。それは停留所に停まっていた市バス。ふたりが乗り込むと、男達は慌てた様子でこちらに向かってくる。しかしバスはそのままドアを閉め、道を走りだす。

ようやく利美達は安堵のため息をついた。さすがにこのまま走って追いかけてくることはないだろう。

バスの中はほどほどに混雑していた。ふたりは並んでつり革を持ち、しばしバスの振動に身を委ねる。

「……アレ、さ。なんだと思う？」

　ぽつりと常盤が問いかける。誰かが押したのか、次の停留所で降りる旨を知らせるブザーがバス内に響きわたった。

「わかりません。彼らの目的はもはや明らかですけど」

「この箱か？　いったいなんなんだよ……。こんな妙なことに巻きこまれるなら、あの兄弟に箱投げつけてやればよかった」

　ブツクサと文句を言う常盤に、利美はうつむく。本当に、どうしてこんなことになっているのだろう。

　辺りを見まわすと、疲れたような顔をして椅子に座るスーツ姿の男性や、イヤホンを耳につけて音楽を聴いている学生風の女性が乗っている。

　自分達の周りは、こんなにも普通で、日常的だ。それなのに、利美と常盤だけが異世界に放りこまれてしまったような、不思議な感覚になる。

　箱を置いてくればよかった。堀川から預かった荷物ではあるが、さすがにこんな目に遭い続けると利美もうんざりしてくる。

　小さく疲労のため息をつきながら、彼女は後方のリアゲートガラスを見た。その先には、とても見たくないものがあった。

「……常盤さん」

　くい、と彼の袖を摑んだ。常盤は「ん？」と聞き返しながら、利美と同じ方向に目を向ける。

「げっ、ついてきてるじゃねえか……っ！」

「すさまじい執念ですね」

市バスの真後ろに、またあの黒塗りの車が張りついていたのだ。ということは、彼らは花華堂のある通りまで戻って車に乗り、ここまで追いかけてきたのだ。

たかが菓子の材料のために、ここまでするのだろうか？

利美と常盤はまったく同じ疑問を考えた。この箱は本当に、堀川が言うとおりのものが入っているのだろうか。

利美は慌てて首を横に振る。堀川が自分達をだますわけがない。きっとなにか事情があるのだ。

しかし、こちらを追いかけている男達に聞くわけにもいかない。

市バスは移動に便利だが、逃げる手段としては適していなかった。大通りの走行車線を走るバスは、たいしてスピードもあげず、のんびりと走っている。

つまり黒塗りの車が余裕で追いかけられる程度の速さしか出ておらず、さらにはひとつひとつの停留所に停まるのだ。このままバスに乗っていては、いずれ待ち伏せされてしまうだろう。

「仕方ない。なにか手段を考えよう」

常盤がスマートフォンを取りだし、なにやら検索を始める。

「このままバスに乗り続けるのは危険だ。とりあえず、四条大宮の駅前で降りるぞ。そこから、京福《けいふく》電鉄に乗る」

「つまり嵐山《あらしやま》本線……嵐電《らんでん》ですか」

京福電鉄の嵐山本線は、四条大宮と嵐山を結ぶ電車で、十三個ある駅の間隔は、ほんの二、三分ほどと、とても近い。

「バスがこのまま時間どおりに停まってくれたら、ちょうどいいタイミングで乗り込める。四条大宮は大きな交差点を中心に、京福電鉄と阪急電鉄の駅があって、さらに交通量も多いから、車じゃ無茶はできないはずだ」

つまり、車や人の多さを盾にして乗り継ぎをしようというわけだ。

利美は常盤の言葉を思い出す。――そう、彼らは無茶をするが、基本的には穏便に箱を取り戻そうとしている。いや、穏便というよりは事を公にしたくない。そんな意思を、彼らから感じるのだ。

物思いにふけっていると「おい」と声をかけられた。利美が横を向くと、常盤が財布を取りだしながらこちらを見ている。

「そろそろ降りるぞ。小銭の用意はできているか？　ドアが開いたと同時に出るから、運賃は手に握っておけよ」

「あ、はい」

慌てて利美も財布を取りだし、両替機で紙幣を崩して小銭を用意する。ぎゅっと手で握ると、緊張しているのか、手に汗をかいていた。

バスはまっすぐに四条通を走り、やがて目の前に大きな駅が見えてくる。常盤が言うとおり、そこは交差点になっていて、忙《せわ》しなく車が走っている。

停留所で停まったバスはピーと音を立てて、ドアを開く。瞬時に常盤は小銭を支払ってバスを駆けおり、利美も続いた。幸運はこちらに味方をしているらしく、道路は混雑している。この交通量なら車で追うことはできないだろう。

とはいえ、交差点が青になるのをやきもきしながら待つ。すると、市バスの後ろからヌッと黒い足が現れた。利美はびくりと肩を震わせる。

バスの裏から現れたのは、細身のブラックスーツを着た男。サングラスをかけているので、彼の姿は雑多な人込みの中でもひどく異質に見えた。

「と、常盤さん」

「……青になったら走るぞ」

常盤も気づいたようだ。利美の手首を握り、まっすぐに信号機を睨んでいる。

男が利美達に向かって走りだしたと同時に、横断歩道が青になった。ふたりは交差点を渡り、四条大宮駅の券売機に駆けこむ。

「切符、いくらのを買えばいいですか！」

「どこで降りるかわかんねえから、終点の嵐山にしろ」

常盤が券売機に紙幣を差しこむ。利美も急いで小銭を投入した。追いかけてくる男は、すぐ後ろに迫っている――。

先に切符を手にしたのは利美だ。改札口に走りだすと、「松川！」と声をかけられる。振り向くと、常盤が手に持っていた青い発泡スチロール箱を投げてきて、なんとか両手でキャッチする。男の目的はあくまで箱らしく、それを見た瞬間、男はまっすぐ利美に向かって走る。

「前ばっか見てんじゃねえよ！」

常盤が声をあげ、横から男に襲いかかった。スーツの上着を脱ぐと、男の頭にばさりとかける。突然視界を奪われて慌てる男を尻目に、利美と常盤は改札口を通って京福電鉄に乗りこんだ。

すぐにドアが閉まり、一両編成の小さな電車がゆっくりと動きだす。

「……さすがにもう、追いかけてこないよな？」

ワイシャツとネクタイという姿になってしまった常盤が、窺うように後ろを見る。遠く小さくなっていく四条大宮駅のホームに、あの男の姿はない。

「やれやれ、ちょっと座ろうぜ、松川」

「え、あの、常盤さん、上着……」

「どうせ安物だし、惜しむようなものじゃない。はあ、京福電鉄、空いていてよかったわ」

常盤は電車の長椅子にどかりと座る。利美も隣に座って、青い発泡スチロール箱を膝にのせた。

「路面電車の行き先は花華堂とは真逆ですけど、早く戻ってこれを渡しにいかないといけませんよね」

「様子を見て、大丈夫そうならすぐに降りよう。そこから四条方面に向かえばいいだろ」

「そうですね、京都はバスも電車も本数が多くて便利ですし」

かつて利美がたびたび京都旅行をしていた頃、バスと電車にはとてもお世話になった。とくにこの路面電車は大好きで、よく乗っていた。

ほんのり昭和的なノスタルジックを感じる外観に、バスとも電車ともちがう独特の乗り心地。今は観光シーズンから少し外れているが、桜や紅葉の季節なら、車窓から美しい景色を楽しむこともできる。

車が行き交う大通りの真ん中を割るように走る電車の光景は、路面電車ならではの醍醐味だろう。

「……ここから見る、夜の景色も悪くないですね。静かでどこか物寂しい感じが、こういった古い乗り物と合う気がします」

「ぽつぽつとある駅も、風情があっていいよな」

謎の男達から逃げきり、平穏を取り戻した利美達は車窓から景色を眺めつつ、ほうと息をついた。

ひとつ、またひとつ。ぼんやりと照明が灯る駅を通り過ぎ、繁華街を抜けた路面電車は、ゴトゴトと音を鳴らしながら夜道を走っていく。

やがて目の前に、嵐電天神川駅《てんじんがわ》が見えてきた。交通量はほどほどに多く、路面電車のすぐ横をいくつもの乗用車が追い越していく。

「あの駅で降りるか。近くに地下鉄があるから、それに乗ろう」

「はい」

利美は停車ブザーを押そうと、窓側に顔を向けた。しかし、ボタンを押そうとした指が止まる。

「と、常盤さん」

ふるふると指さす。その方向に常盤が顔を向けると、そこには路面電車にピタリと並走する、黒い車があった。

「あいつら……。マジかよ」

常盤が頭を抱える。利美も額に手をあてた。

なんというしつこさなのだ。おそらく、利美達が電車から降りたところで襲ってくるつもりなのだろう。

「仕方ない、作戦変更だ。この駅の近くは街灯が多くて目立つから、次で降りる」

嵐電天神川駅を通過し、路面電車はゴトゴトと音を鳴らして三条通の道路を走っていく。

次の駅は蚕《かいこ》の社《やしろ》だ。利美はあらためて、停車のブザーを押した。

「うーむ、状況は悪いな」

「どうしたんですか？」

「前を見てみろよ。蚕の社の周りも見通しがよすぎる」

駅の横には三条太秦《さんじょううずまさ》の商店街が続いている。道幅はそれなりにあり、車で追われたら、あっという間に捕まってしまいそうだ。

「蚕の社で降りるのは止めて、次の駅にしますか？」

「いや、ここで降りよう。このあたりは住宅地になっているから、細い横道に入ればなんとかなるかもしれない」

作戦会議をするうちに、路面電車が停まった。ガラリと出入口が開いた途端、ふたりは同時に飛びだし、三条太秦の商店街に入る。

すると後ろから強烈な光が走った。男達の車のハイビームで照らされたのだ。

「走れ、松川！」

考える前に足が動く。利美は箱を持っていない方の手を常盤に引かれ、全速力で走りだした。派手にアクセルをふかす音が聞こえ、利美の背中に緊張が走る。

常盤が「こっちだ」と利美の手を引っぱった。そこは広い車道から逸れた住宅地。この辺りの町は、迷路のように入り組んでいた。

袋小路に一方通行。車で追いかけるには不便だ。利美と常盤は闇に紛れるように細道を走り、後ろに注意を払う。

しかし、どんなに曲がり角を曲がっても、細い道を通り抜けても、背後には車の音が近づいていた。

「ここ、京都のどのあたりになるんでしょう」

見通しの悪い住宅地をぐねぐねと移動していると、だんだん方向感覚が鈍ってくる。利美が常盤に聞くと、彼は走りながら左を指さした。

「あっちが太秦《うずまさ》映画村だ。つまり、俺達は北に向かってるわけだな」

「なるほど。じゃあ、この道をまっすぐ行くと……たしか」

利美も走りながら過去の記憶を辿る。映画村は彼女も訪れたことがある。幼い頃にテレビで見た時代劇のセットが目の前にあって、とても感動したものだ。

それはともかく、このまま北に行くと大通りに出るはずだ。その通りの名は――。

「丸太《まるた》町通《まちどおり》！」

言うが早いか、ふたりは大きな通りに出た。四車線の道路を多くの車がスピードをあげて走っている。

「ヤバイ。ここは見通しがよすぎるぞ」

きょろきょろと常盤が辺りを見た。そしてすぐさま利美の手をとって走り、横断歩道を渡る。

「どこに行くんですか？」

「とりあえず身を隠したいが、どこがいいものか……」

常盤は利美の手首を摑みながら早足で進んでいく。やがて手頃な店を見つけたのか、自動ドアが開くのももどかしく、常盤はそこに利美を押しこみ、自分も飛びこむ。ふわりとパンのいい匂いが鼻をくすぐるが、今はそれどころではない。とりあえず、中腰でコソコソと移動し、しゃがみこんでパン棚の隙間からそっと外を見た。

夜の丸太町通りは街灯も多く、男達の車はすぐにわかった。道路を挟んだ向かい側のコンビニに停車し、ふたりの男が出てくるのが見えた。なにかを話しあうと、二手に分かれて手近な店に入り、ほどなく出てきて、次はちがう店に入っていく。

「げっ！　俺達の動きを読んでやがる。開いてる店を片っ端から覗くつもりだな」

「ここに隠れていられるのも時間の問題というわけですね」

はあ、とため息をつく。この妙な逃亡劇は、まだまだ続くようだ。

それにしても、この甘くて、優しくて、心がほっとするいい匂いはたまらない。キョロキョロ見回すと、ドアに『Pin de Bleu《パン ド ブルー》』という店名が見えた。

目の前にはいろいろな種類のパンが並んでいる。そして、奥のレジでは店員が不審げに利美達を見つめていた。

急激に恥ずかしくなった利美は立ちあがり、何事もなかったかのように、ぱっぱっとスカートの裾を手で払う。

「ここ、パン屋さんだったんですね」

「そうみたいだな」

常盤も立ちあがり、辺りのパンを見回す。

きゅう、と利美の腹が反応する。腕時計を確認すると、夜の八時過ぎ。男達から逃げるのに必死で、すっかり夕食を食べ損ねていた。

明るい照明に照らされたパンは所狭しと綺麗に陳列されていて、惣菜パンにデニッシュ、ドーナツにサンドウィッチなど、とにかく種類が豊富である。

おもわず利美がパンを凝視していると、隣で常盤がぷっと噴きだした。

「ちょっと、買っていくか」

「時間、ありますか？」

「少しくらい大丈夫だろう。あっちはまだ反対車線にいるからな」

常盤はあくまで楽観的だ。心配性な利美はチラチラと後ろを見るが、すでにパンの物色をしはじめた常盤につられて、利美も箱の持ち手を腕にかけ、トレーとトングを手にしてしまう。サンドウィッチひとつにしても、ホットドックから耳のあるパンサンド、バーガーにパニーニと、いったい何種類あるのだろうか。

眺めていると、みるみる食欲が湧いてくる。甘いイースト菌の匂いを放つパンの魅力には、誰も勝てないのだ。

「それにしても種類豊富ですね。目移りしてしまいます」

「しかもここのパンって全部一〇〇円だぞ。すげえな。むしろ俺んちの近所にほしい」

その意見には利美もまったく同意だ。こんなお店が近くにあったら、利美の食生活は格段にレベルアップする。

利美と常盤はパンをふたつずつ購入し、会計を済ませてからふたたび店の端で身を屈め、ガラス張りの自動ドアから辺りを窺う。

店員がまたもや不審な目を寄越してくるが、仕方がないのだ。利美も常盤ももう追われたくはない。

「……いませんね」

「死角で待ちかまえていたってオチじゃなければいいな」

常盤がぼそりと呟く。そんなオチはごめんだと利美はため息をついた。

「よし、行こう」

覚悟を決めたのか、常盤はゆっくりと歩きだす。警戒しながら自動ドアを通り、外に出て、すばやく後ろを見た。なんだかスパイ映画みたいだ。

「うん、大丈夫そうだ。大通りは見つかりやすいから、向こうの道に行くぞ」

「はい」

常盤が早足で歩きだし、利美も周りに注意しながらあとに続く。今のところ男達の姿はなく、さらに夜ということもあって利美達以外に道を歩く者はいない。ふたりは急ぎ足で横断歩道を渡り、ＪＲ嵯峨《さが》野《の》線が走る高架下を通って、南に向かって走った。

「今のうちに食べておこう。パンはいいな、歩きながら食べられる」

「お行儀は悪いですけどね。でも、お腹もぺこぺこなのでいただきます」

利美は素直に頷いた。黒スーツの男達も気になるが、腹が減っては戦もできぬ、だ。

早足のまま、利美はパンをひとつ取りだす。それは花形に丸められた、かわいらしい形。

ぱくっと頬張ると、濃厚なチーズの香りと共に爽やかなリンゴの味が口いっぱいに広がった。利美は「ふぬっ」と口に咥えたまま感嘆の声をあげる。

「こ、これは……！　この味がワンコインだなんて、すごいです京都！」

「うん、すごいのはパン屋であって、京都じゃないと思うが」

常盤がしっかりと利美に突っこむ。しかし彼女は聞きながし、歩きながらぱくぱくとパンを食べすすめた。

「『チーズとりんごのくるみパン』……さっくりしたパン生地に合わせたクリームチーズのまろやかさが、ほどよい甘さのリンゴ煮と相性ばっちりです。しかも、練りこまれているくるみの歯ごたえも楽しめて、とってもハイクオリティ！」

「そういえば、京都ってパン屋が多いらしいな。レベルの高さも、そこからくるのかも。……うん、コレも香ばしくておいしいぞ。『ぱりぱりチーズ』、ひと口食べてみるか？」

常盤がスタスタと歩きながら細長いパンの一部を千切り、利美に渡してくる。利美は素直に受け取り、口に放りこんだ。

「パリパリ！　パリパリです常盤さん。チーズのちょうどおいしいところを食べているみたいです」

常盤が渡してきたパンは、薄く伸ばしたパン生地にたっぷりとチーズをふりかけて焼いた一品だった。シンプルだからこそ、チーズ本来のコクと味を楽しむことができる。薄生地のパンはほんのりと甘く、チーズの味を邪魔しない。にもかかわらず、無個性というわけではなかった。パリッとした歯ごたえは楽しく、まるでイタリアンピザのよう。

利美は自分のパンをもうひとつ取りだす。それは白くふわふわしたパンで、見るからに柔らかそうだ。大きく口を開けてパンを頬張ると、利美は驚きに目を丸くした。

「ホイップクリームとあんこが喧嘩していない……！」

「そんなに感動するようなことなのか」

「もちろんです。『生クリームあんぱん』、その名のとおり、たっぷり入ったクリームはくどくなく、あんこの甘さを引き立てています。菓子パン好きにはたまらない！」

一般的なあんぱんに比べて口当たりも軽く、ボリュームもほどよい。利美はあっという間に食べきってしまった。

「これが一〇〇円だなんて、すごいですよね……京都」

「だから、すごいのはパン屋だろ」

薄暗い道路を歩いていると、やがて太秦映画村が見えてきた。目立ちたくないふたりは走って通り過ぎ、さらに南に向かう。

「もしかして、嵐電の駅に向かっているんですか？」

「そうだ。うまくいけば、四条大宮行きの電車に乗れるかもしれない」

常盤がスマートフォンを見ながら答える。どうやら嵐電の時刻表を調べているようだ。

そのまま、彼は突然、利美の耳に顔を寄せてきた。

「ひっ！」

近づいてきた常盤に利美がびくりと身を引かせると、彼は「静かに」と真剣な表情をする。シッと人差し指を唇に当て、横目で後方を見る。

「後ろ、ついてきてる」

「――えっ」

「振り向くなよ。俺達が気づいたってわかれば、向こうも走ってくるだろうからな」

こくりと利美は頷いた。後ろを見て確認したいのはヤマヤマだったが、常盤の言うとおり、前を向いて歩き続ける。

「俺達の後についてきてるのは、さっき見た細身の男だ。大柄な方は車か？　……もしかしたら、挟み撃ちを狙っているのかもしれない」

「は、挟み撃ち」

八時も中頃になった三条太秦の商店街は、すっかり夜の静けさを手に入れていた。行き交う車はまばらで、歩道を歩くのは、利美と常盤と後ろの男だけ。

こんな所で挟まれたら、いくらなんでも逃げきれない。少なくとも、どちらかひとりは捕まってしまいそうだ。

利美はぎゅっと箱を抱きしめた。

「どうして、こんなに必死なの。た、単なる、お菓子の材料なんでしょ……？」

おもわずひとり言を呟いてしまう。

「今考えるべきはそれじゃない。箱を持って逃げきる手段だ」

ポン、と軽く背中を叩かれた。たしかにそのとおりだと利美は目をギュッと瞑って頷く。

道はやがて細い丁字路に差しかかった。左に曲がると、すぐそばには消防署。そして目の先には暗く佇む広隆寺《こうりゅうじ》があり、その斜め向かいに京福電車の太秦広隆寺駅がある。

チラ、と常盤が横目で後ろを警戒した。なぜか今すぐ追ってくる様子はなく、男はつかず離れず、ついてきているようだ。

「あいつらだって馬鹿じゃない。俺達がふたたび嵐電に乗ろうとしていることは読んでいるはず。どうするつもりなんだ……？」

ブツブツと呟く。利美は、途方に暮れた目で常盤を見あげた。

——いつの間にか、こんなにも彼を頼っている。もし、この場にいたのが自分ひとりだったら、なにもできないままもっと早くに箱を奪われていただろう。

利美はうつむいた。自分は悲しいほどに無力で、役に立たない。堀川から託された箱ひとつ、守ることができないなんて。

ふいにカンカンと大きな警告音が鳴り響いた。落ちこんでいた利美はハッとして顔をあげる。

もうすぐ路面電車がやってくる。

常盤は唐突に利美の手を握り、駅に向かって走った。男達の動きは読めないが、とにかく電車には乗るしかない。

後ろの男も走りだす気配がした。同時に、広隆寺の方面から黒塗りの車がスピードをあげて走ってきた。

　左右には店や住宅が隙間なく並んでいる。それを壁と見立てた挟み撃ち。

　キキィ、と大きなブレーキ音が辺りに響く。利美達が車道に逃げださないよう、車は横向きに停車し、道を阻んだ。そして運転席から大柄の男が飛び出し、細身の男と挟む形で向かってくる。

「この野郎……！　そんなにこの箱がほしいなら、くれてやるよ！」

「常盤さん!?」

　やけくそ気味に叫んだ常盤は利美から箱を奪い取るなり、大柄の男めがけてブンと投げた。利美の目が大きく見開かれる。しかし常盤はまっすぐに前を向いたまま、利美の手を一層強く握った。

　夜空に大きく弧を描く、青い箱。それは男の頭上をはるかに追い越し、ぽてんと歩道に落ちる。

「松川、俺の手を思い切り握れ！」

「えっ……は、はいっ」

　事態についていけず言われるままに力をこめる。しっかりと手を握りあって、常盤は繋いだ手を高くあげた。そして、箱に目をやる男の後頭部めがけて、思い切り振り抜く。

　腕ならぬ、拳でラリアットを食らった男は「うおっ！」と声をあげて前のめりになった。

　ふたりはそのまま走って男の脇を抜け、黒い車の隙間を通って走る。常盤が道に転がっていた箱を回収している間に利美が二枚切符を買う。カンカンと、まだ電車の警告音は鳴り響いている。停車している電車は、嵐山行きだ。

「仕方ねえ、あれに乗るぞ！」

レールの引かれた道路を横切り、常盤が電車に飛び乗る。一歩遅れた形で利美が乗りこむと、後ろで扉が閉まった。

動きだした路面電車の中で、常盤が長いため息をつく。

「はあ――ヤバかった……」

「常盤さん、箱の扱い、乱暴すぎです……びっくりしました……」

「割れ物じゃねえから大丈夫だろ。あー疲れた。俺は座る」

常盤はよろよろと長椅子に座る。横に利美も座り、電車が走る方向を窓から見た。

「この電車、また逆の……嵐山に向かっているんですよね」

「うん。適当な所で反対車線に乗り替えるしかないな」

幸い、この辺りの路面電車は普通の電車と同じように線路を走っており、道路の真ん中を走るようなレールはない。つまり、車に後ろを追跡される可能性はないということだ。

「……どう思う？　あいつら、追ってくると思うか？」

「道路ではなく線路を走ってる限り、車で追いかけることは不可能です。でも、あれだけの執念を見せたのですから、このまま素直に引きさがるとも思えません」

素直に思ったことを口にすると、常盤も深く頷く。

「俺の相棒はこんなときでも冷静で、瞬時に俺の言うことをわかってくれるから最高だな」

「へっ？」

ニヤリと笑われ、利美は思わず素に戻る。

なぜか顔が赤くなってしまって常盤の顔が見られない。が、常盤は何事もなかったように前を向いて座りなおすと、腕を組む。

「もし、奴らがこの電車を追いかけてくると想定するなら、どう動けばいいと思う？」

「……どう、と言われても」

「また待ち伏せしてくるだろうから、今度こそ先に手を打つ必要がある」

たしかに、この逃走劇を始めてから自分達は後手に回ってばかりだ。そろそろ相手を出し抜かなければ、いずれは追いつめられてしまうだろう。

でも、利美にはなにも思い浮かばなかった。こんな状況は初めてだし、逃走なんてしたことがない。なにより利美は、他人の思考を読むのが苦手だった。

奇抜な発想なんてできない。ずっとありきたりなツアープランしか組んでこなかったのだ。新しいことを考えるのをやめてしまった自分には、到底思いつかない。

ぎゅ、と己の手を握りしめる利美に、常盤の優しい声が聞こえてくる。

「松川、得意なことを思い出せ」

「と、得意なこと……？」

「ああ。さっきも言ったが、地の利なら、あいつらよりも俺達の方が上のはずなんだ。なぜなら、あの男達は東京から俺達を追ってきた。つまり、京都の人間じゃない。それは俺達にも同じことが言えるけど、松川は何度もここにきたんだろ？　京都が……旅が、好きだから」

「あ……」

利美はぽろりと目からうろこが落ちた気がした。

そんなこと、考えもしなかった。それが〝得意なこと〟だなんて思ったこともなかった。自分は常盤のように的確な判断もできず、彼の後ろを追うだけで、なんの役にも立てていないと。

だが、自分が持っていて常盤が持っていないものがある。それは単純に旅の回数だ。たったそれだけ。でも、それが今の自分達にとって、重要なアドバンテージになる。

利美は路面電車の窓から外を見つめ、懸命に考える。京福電鉄は好きで、利美は何度も乗っていた。このまま走ると帷子《かたびら》の辻《つじ》駅に着くはずだ。

スマートフォンを取り出して、京福電車の停車駅を調べる。帷子の辻の次は有栖《ありす》川《がわ》だ。さらに、次は――。

「車折《くるまざき》神社……」

ぽつりと呟き、ハッとする。

「常盤さん、車折神社です！」

「あ、ああ。なんか、小耳に挟んだことのある神社だな」

「パワースポットとして注目されている神社です。石に対しての信仰が厚く、祈念神石《きねんしんせき》という、お祓《はら》いをした石が入ったお守りで有名なんです。願い事が叶うらしいですよ」

「へえ……で、そこがどうした？」

「じつはその神社、ちょっとおもしろい場所にあるんですよ。これを利用しましょう」

利美は軽く手はずを説明した。


やがて電車が北嵯峨より南へ流れる有栖川をまたぐと、前方の左側に鬱蒼《うっそう》とした黒い木々が見えてくる。

神社の前だからか、車折神社駅の柱は朱色で彩られている。寂しげな照明が落ちていて、改札もない無人駅はどこか近寄りがたい神域を思わせる。

路面電車がその静かな駅に到着するなり、作戦通り利美と常盤は同時に飛びだした。ホームからたった数段の階段をおりると、目の前には車折神社の鳥居が静かに佇んでいる。

ふたりが境内に入ろうとした途端、左側からカッと眩しい光が放たれた。思わず目がくらんで立ち止まりかけた利美の手を摑み、常盤は神社の石畳を走りだす。

光の正体は、車のハイビーム。やはり、彼らは待ちかまえていたのだ。おそらく駅ごとに先回りして、待ち伏せしていたのではないだろうか。

……だからこその警戒だった。利美達の読みは当たっていたのだ。

バタン！　思ったとおり、後方でフロントドアの閉まる音がした。男が車から降りたのだ。しかし、こちらの方が早い。

　木々に覆われたまっ暗な石畳を走り、右へ曲がると、やがて視界が広がる。そこは表参道で、朱色で彩られた鳥居の先に大きな本殿があった。和を思わせる暖色の照明が並んでいる。

　利美達から少し遅れて細身の男が現れた。きょろきょろと辺りを見まわし、さらに本殿とは逆の方向へ走っていく。表参道にある大鳥居を抜けると、その先には三条通があった。

……男は、判断しかねているようだった。このまま三条通を探すか、引き返すか。

　やがて細身の男が携帯を取りだし、電話をかけはじめる。

「正面に車を回すつもりだな」

「でも、車折神社駅から三条通に出るには時間がかかります。入りくんだ住宅地を通って迂回《うかい》しなければなりませんから」

　ヒソヒソと利美と常盤が話す。ふたりが身を潜めていたのは表参道の右側、車折神社の境内のなかにある芸能神社だ。夜は目立たない場所だが、人気俳優や女優、制服風の衣装を着て大人数でダンスするのが特徴的なアイドルユニットなど、若手からベテランまで幅広く、有名なタレント達の名前が書かれている由緒ある場所だ。

　その裏で、ふたりは黒服達の動きを観察していた。

「よし、細身のヤツがこっちを見てないうちに移動するぞ。だるまさんが転んだ、だ」

「止まったら捕まりますけどね」

くす、と利美が笑う。常盤も目を細めて笑い返し、ふたりは手を合わせてお参りをしてから、コソコソと表参道の端を通っていく。

実は、利美達が路面電車を降りてから走ってきた道は〝裏参道〟で、反対側の〝表参道〟はバスが走る三条通に繋がっていた。裏参道側は住宅地が広がっていて、車をまくには格好の場所であり、境内には芸能神社もある。おまけに、表参道側の車折神社前には京都バスの停留所まであるのだ。

ふたりは近くにあった建物の生垣に身を隠し、時間どおり最終バスがきたところで素早く飛び乗る。作戦は完璧に成功だ。

「やっとまいたな……松川の土地勘のおかげだ」

「伊達に京都旅行に来ていませんからね」

利美と常盤は隣り同士顔を見あわせ、笑った。

極上の焼き鳥と、利美の過去

やがてバスを降りたふたりは、もう今夜中に東京に帰ることは無理だと気付く。明日が幸い土曜ということもあり、急遽一泊することに決めた。

しばらく難しい顔でスマホをいじっていた常盤がインターネットの検索で見つけたホテルは、どうやら木屋町《きやまち》の方面にあるようだった。

四条京阪前から徒歩で四条大橋を渡り、先斗町《ぽんとちょう》の細道に入る。鴨川《かもがわ》の向こう側にある京都一の花街、祇園に次いで有名な花街だ。夜の薄暗さはあるものの、街灯は行きとどいており、木枠の柵や、軒先に竹矢来が置かれているような、趣き深い料亭がいくつも並んでいる。

「なんだかこの辺りは、一見さんお断りっぽい店が多いな」

「そうですね。でも今は〝一見さんお断り〟な店は少ないそうですよ。予約制ならちゃんと予約すればいい話だし、むしろ店と客の距離を遠ざけているのは私達客側の先入観なのかもしれません」

「そうかもな」と頷いた常盤は、なぜか利美を見た途端にパッと目を逸らす。

大人ふたりが並んで歩くには少し窮屈な細道を進むと、やがて視界が開け、常盤がスマートフォンのナビを見ながら先導していくと――。

「……着いた」

ぽつりと常盤が呟いた。

「え⁉」

利美は、わなわなと体を震わせ、あんぐりと口を開けた。そして勢いよく振り返り、常盤を睨む。

「ちょっと常盤さん！　どういうつもりですか‼」

「他のホテルが全部満室だったんだ。ここしかなかったんだよ！」

利美が怒るのは仕方がない。なぜなら、常盤が部屋を取ったホテルは、いわゆるファッションホテルだったのだ。休憩または宿泊を選ぶことのできる、基本的に恋人同士のための施設である。

「料金はリーズナブルだし、浴室もあるし、アメニティグッズも揃ってるぞ。……まあ、ベッドはひとつしかないが」

「それが大問題なのでは？」

「俺がソファで寝るから問題ない」

はあ、と疲れたように常盤がため息をつき、利美から背を向けガシガシと頭を掻く。

「さすがにこの状況で手を出すほど考えなしじゃないし、飢えてもいねえです」

だるそうに言いやり、利美と目を合わせようともしない。この問答が面倒だと言わんばかりの態度だ。

利美はムッとする。

ぎゅっと眉間に皺を寄せてから、ふと、どうして自分は今、苛立ったのだろうと不思議に思った。常盤は「利美相手になにもしない」と明言しているも同然で、安心してもいいところのはずなのに。

なぜかムカムカする。そこまで投げやりな態度を取らなくてもいいのにと思ってしまう。面倒臭くて悪かったな。過剰に反応してすいませんでしたね！

ひととおりの悪態を心の中でつき、自分の心情を理解した。そうだ、この苛立ちはプライドを傷つけられたからなのだ。女としての魅力がないと言われているも同然だから、腹が立っている。利美はそう、自分を納得させた。

事情を聞くと、あわやインターネットカフェで一夜を過ごす羽目になるところを、なんとか見つけたという。そこは素直に感謝すべきだし、なにより彼は疲労している。一日中車を運転した上、謎の男達から逃げきるのに市内中を走りまわったのだ。それなのに利美の小さな抵抗感で彼を休ませないのは、さすがにわがままというものだろう。

「わかりました。ここしかないのなら仕方ありません。……寝るのに支障がないなら問題ないです」

「問題ないのか？」

「というか、常盤さんは私に興味もないんですし、大丈夫だと言ったまでです」

淡々と言うと、次は常盤がムッとしたような顔をした。

るんだ」

「興味ないなんて言ってねえだろ。こんな状況で手出すほど考えなしじゃねえって言ってるんだ」

「じゃあ、興味があるんですか？」

「……いや、それを問われるとすごく困るけど」

「困るならいちいち突っかからないください。ほら、行きましょう」

「…………」

利美が常盤を急かすと、彼はブツブツ文句を言いながら複雑な表情で先にホテルに入っていく。ここがただのビジネスホテルだったら、妙な空気にならなかったのに。

いまさら言っても仕方のない文句を心の中で呟き、利美は常盤に悟られぬようため息をついた。利美は過去に一度だけ男性と付き合ったことがあったが、お互いひとり暮らしだったため、こういったホテルに行く機会はなかった。

おそるおそる、前を歩く常盤についていくと、彼は慣れた仕草でチェックインし、「行くぞ」とエレベーターに向かう。

部屋は三階だった。チン、と軽快な音を鳴らし、エレベーターが口を開ける。部屋番号を確認しながら歩く常盤に、利美は後ろからボソッと問う。

「常盤さんはこういった施設をよくお使いになるんですか？」

「ノーコメント」

「…………」

むう、と眉をしかめる。どうしてこんなにも腹が立つのだろう。

彼の背中を睨みながら黙って歩いていると、常盤が根負けしたように息を吐く。

「学生時代とか、いろいろあるだろ」

「私にはいろいろなかったのでワカリマセン」

「突っかかるなあ。なんだよ、過去に彼女がいたらだめなのかよ」

「べつに、だめなことありません。気になっただけです」

ツーンと顔をそむける。すると常盤がふと、足を止めた。

「気になった？　なんで松川が気にするんだ」

「……え？」

利美も足を止める。常盤は廊下で振りむき、彼女を見おろした。

「俺の女性遍歴なんかどうでもいいだろ。なんで気にするんだよ」

「……えっと、それは……あの……。なんで、でしょう……」

ツンツンしていたのが一転、しどろもどろになり、うつむく。

常盤はそんな利美をしばらく見ていたが、やがてなにも言わずに歩を進めた。これ以上突っこまれなくてよかったと安堵し、利美も続く。

いつの間に、どうして自分は、こんなにも常盤を意識しているのだろう。たった一日、共に過ごしただけなのに。

――それは、もしかして。利美はハッとひらめき、がーんとその場に立ち尽くす。

「吊り橋効果！」

橋の揺れからくる恐怖や過度の緊張を、恋愛感情と脳が勘ちがいする、有名な理論のことだ。今日、利美はたくさんのことを常盤と共に体験した。

人生初の引ったくりから始まり、車をぶつけられそうになった。黒ずくめの男達から逃げたり、カーチェイスもどきをしたり、なんとか京都に着いたものの、ふたたび男達が現れて逃走劇を繰り広げてしまったり。

今日一日がやけに非日常で、だからこそ、こんな短時間しか過ごしていないにもかかわらず、常盤を意識しているのだ。

なるほど。それなら単なる脳の勘ちがいだと自分にインプットすればいい。

「おーい。なにをぶつぶつ言ってるんだ」

立ちどまって物思いにふけっていた利美の顔に、常盤がヒラヒラと手のひらをかざす。

ハッとして彼女は顔をあげ、一歩後ろに距離を取った。

「なんでもありません。大丈夫です」

「なにが大丈夫かわからんが、まったく大丈夫に見えないぞ」

「大丈夫ったら大丈夫なんです。さあお部屋へ行きましょう。どこですか」

常盤を押しのけ、ずんずんと先に進む。「いや、ここだよ」と後ろから言われ、利美は慌てて引き返した。

常盤が鍵を開け、カチャリと白いドアを開ける。

中は利美が想像していたよりもはるかにいい部屋だった。

きょろきょろと部屋を見まわす利美に、「そのヘンテコ箱、ここに置いておけよ」と常盤が言う。

「ヘンテコ箱……堀川さんからの預かりものですか?」

「そうだ。ここならさすがに、あの連中も入れないだろ。オートロックだしな」

たしかにこの部屋は、そういう意味では安全そうだ。奥の方に窓はあったが、板で隙間なく目張りされていた。

「風呂は交代で使う、でいいか?」

「もちろんです」

「じゃあ、アメニティグッズを確認してから、足りないものをコンビニで買うか。ついでにメシも食おう。もー俺、腹減った」

はー、とため息をついて常盤がベッドにどさりと倒れる。さっきパンを食べたものの、利美の腹もまだまだ足りない。彼女は素直に頷いた。


ホテルはチェックインさえすれば自由に出入りできるタイプの所だった。ひと息ついてから外に出ると、辺りは似たようなホテルがたくさんあった。

目のやり場に困りつつ小道を歩いていると、木屋町通に出た。夕食時をすっかり逃した今は、ちょうど居酒屋やバーが賑わっている。週末ということもあって、自分たちと同じようなスーツ姿の人達が多い。

「木屋町といえば、まっすぐに伸びる高瀬川《たかせがわ》と桜並木、というイメージがあったが、夜になるとまたちがう顔になるんだなあ」

「地元の人たちにとって、木屋町といえば飲み屋街というイメージに近いそうですね。私にとっては『高瀬舟』ですけど」

常盤は昼の木屋町しか見たことがないようだ。利美が説明すると「へえ」と楽しそうにこちらを見てくる。

「松川はよく来るのか、ここ」

「そこまでではありませんが、昔、何度か木屋町で食事をしました」

あとは、添乗員時代のウンチクなら少し……」

「木屋町はたしかに雰囲気があるが、なにかエピソードがあるのか？」

賑やかな夜の街を眺めながら、常盤が問いかける。利美は「そうですね」と顎に人差し指を添えながら、添乗員時代を思いだした。

「徳川幕府の時代、島流しになる京都の罪人は、この高瀬川をくだる小舟、高瀬舟で大阪へ送られたそうです。この船を舞台にしたのが、森鴎外の歴史小説『高瀬舟』なんです」

目を瞑ると、その時代の情景が浮かびあがるようだった。桜が舞い散る夕暮れ時、罪人達が小舟へと乗りこみ、護衛と一緒に川をくだっていく……。

目の前の歓楽街はこんなにも平和で明るく賑わっているのに——そんな時代がたしかに

あったのだ。歴史小説でしか知らない過去はお伽噺《とぎばなし》ではなく、実際にあった現実。

「他にもありますよ。すぐそこの三条大橋には、欄干の擬宝珠《ぎぼし》に江戸時代の刀傷が今も残っているそうです。実は隠れた場所に、さまざまな歴史が残っているんですよ」

常盤は「なるほどな。それが今は歓楽街って訳か」と顎を撫でる。

「それにしてもたくさん飲食店があるな。なにを食べようか」

現在の木屋町通は基本的に居酒屋が多いが、レストランなどの食事処もよく見る。炉ばた焼きの店や、焼肉屋、鍋の店、ラーメン屋。この通りに行けばだいたいの食事が楽しめるだろう。

「俺にはどの店がうまいかわからんな。そこまで京都を歩いたわけじゃねえし、プラン組むときは予算と別で、あらかじめこの店を使ってくれって話がつけられてることも多いし。よし、ここは松川、任せた」

「私の好みでいいんですか？」

「うむ。うまい所をよろしく」

にっこりと笑ってくる。胸の内でなにか熱いものを感じ、利美は彼から視線を逸らすように街を見渡した。

頭の中に広がるリストから、おすすめの店を探す。京都らしい料理を出す所がいいだろうか、それとも当たりはずれのない店にするべきか。

しばらく悩み、利美はある店を思いつき、歩きだす。

利美達が辿りついた所は、商業ビルの間にひっそりと建つ小さな店。営業中であることを示す白いライトが、ふんわりと店を照らしている。

「これはまた、味のある店構えだな」

「五十年も前からあるお店らしいです。京都の地酒もあるんですよ」

そこは焼き鳥専門の店、『鳥せゑ』だ。

からりと利美が引き戸を開ける。そのまま、まっすぐカウンターが並ぶ客席の後ろ側を通ると、カウンターは満席だったが、運よく奥のテーブル席が空いた。炭火で焼く鶏肉の香ばしい匂いが腹の虫を刺激する。

ふたりはさっそくメニュー表を眺める。

「京都で焼き鳥って、チョイスとしては意外だな。プランを考えるときは、京懐石とか湯豆腐とか、そういう店ばかり調べてた気がする」

「私も仕事で選ぶときは、そういった京都らしいお店にしています。でも堀川さんの話によると『そういう店は、観光客しか行きませんわ！』ですって。それで、前にここを教えていただいたんです」

くす、と利美が笑みをこぼす。つられたように常盤も笑った。

まずは生ビールだ。店員にふたつ頼むと、利美は過去のおいしい記憶を辿りながら、食べ物を注文する。やがて白く泡立つ中ジョッキと、お通しがテーブルに置かれた。

「じゃ、乾杯」

「なにに乾杯するんです？」

「んーそうだな。仕事の成功を祈って？」

なるほど、と利美は頷く。仕事の成功を祈って乾杯し、こくこくとビールを飲んだ。

「酒は苦手なんだろ？」

「苦手ですが、たしなむ程度には飲みます。それに、生ビールは嫌いじゃありません」

常盤は「そうなのか」と興味を持ったように目を見開いたので、思わず利美は苦笑してしまう。

「でも、缶や瓶のビールは好きじゃないです。生ビールって泡がクリーミーでしょう？そこだけは好きなんです。だから泡がなくならないうちに飲んでしまいたいです」

「あー、つまりサーバーから出すビールが好きなんだな」

「そうですね。だからやっぱり宴会は苦手で。だって一生懸命ビールを飲んでも、すぐに誰かが注ぐでしょう？　あれ、やめてもらいたいです。早くサワーとか軽いのを飲みたいのに。でも、もったいなくて頑張って飲んじゃうんですよ」

「あるある。俺もあの謎の宴会システム苦手。酒くらい好きなもん飲ませろって話だよな」

ははは、と常盤が笑ってぐびぐびと中ジョッキのビールを一気飲みする。利美が目を丸くすると、そのままおかわりを頼んだ。

「焼き鳥って、焼くのに時間がかかるけど、この時間も楽しいもんだよな」

「何度も返してじっくり焼かないと、あの旨味が出ないんですよね」

焼き鳥は奥が深いのだ。ちょうどいい香ばしさは焦げる直前にある。そこを見極めるのが職人の仕事なのだろう。ふたりでのんびり待っていると、やがて『焼き鳥の盛り合わせ』がテーブルに置かれた。

利美はさっそく、炭火の香ばしい匂いのするそれをぱくりと食べる。

ぼんじりのぷりっとした歯ごたえと、咀嚼するときのコリコリした食べ心地は快感で、塩味のついたそれにふたたびかじりつき、串に刺さった肉をすべらせて食べる。

「はあ……。焼き鳥って、単純にして至高の料理ですよね。炭火で焼くからこその焦げ具合は絶妙で、ある種の黄金比を感じます。少しでも焼きすぎたら苦くなるし、少しでも焼き残しがあると香ばしさが足りなくなります。この、ちょうどよい焼き加減。世代を超えて伝えてほしい、職人技ですね」

「はは、たしかに。高級ステーキとはまたちがうおいしさがあるよな。それはまったく別方面だけど、究極の一品。庶民の強い味方だ」

くっくっと常盤が楽しそうに笑って、もも肉の焼き鳥を食べる。あっという間に竹筒には食べ終わった串が何本も入り、ふたりが焼き鳥を楽しんでいる証となっていた。

「このメニューに書かれている、タタキもおいしいんですよ。これはぜひ日本酒と一緒に！」

「『鶏のタタキ』かあ、いいね、頼もう。京都の地酒はなにがいいかなあ」

常盤がメニュー表を眺めて物色していると、せいろに入った『とり皮餃子』がやってきた。利美が箸で取って食べると、幸せなため息をついてうっとりと頬に手を当てる。

「このパリッとした鶏皮の中からあふれだす餃子の肉汁。たまりませんね。鶏肉の味に合わせたショウガの風味が、心にくい味の演出に繋がっています。あっさりとした味わいはあとを引き、タレをつける必要がない！」

うんうんと頷きながらとり皮餃子を胃に納め、ビールを飲む。酒は苦手だが、酒と食事の相性はわかる。さながら長年共に過ごした老夫婦のように、餃子とビールは切っても切れぬ仲。誰が見てもベストオブカップルと言ってもいいマリアージュ。

中ジョッキをようやく飲み終えて息をつく。常盤が店員に日本酒と鶏のタタキを頼んでいたので、ついでに利美もウーロンハイを注文する。

「松川の食レポは個性的だなあ。なんか、グルメ雑誌に書かれていそうなことをすらすら言うよな。俺なら『うめえ』ってひと言で終わってしまうところを、懸命に言葉を探してうまさを伝えようとしているみたいで。そんなところが……うーん」

さく、と鳥軟骨の焼き鳥を食べつつ、常盤が首をひねる。やがて彼はうんと頷き、利美に顔を向けた。

「かわいいな」

「か……っ」

ぽろりと串が皿に落ちた。なにを唐突に言いだすのだ、この男は。

酔いもあって、顔がカーッと赤くなっていく。利美はサッと常盤から顔をそむけ、ぱくぱくと『大根サラダ』を食べた。

「常盤さんはそういう言葉を、相手構わず言っているんですか？」

「は？　そういう言葉って？」

自覚がなかったらしい。なんという天然タラシだと利美は肩を落とし、力なくぱくりと砂肝を食べた。

「そういうところがかわいいとか、あまり異性に言わない方がいいと思います。とくに私なんかちょろいので、勘ちがいしてしまいそうになります。やめてください」

さくさくした砂肝の歯ごたえを感じながらぼそりと言うと、隣で常盤がビールを噴いた。

「ちょろいって、お前それ自分で言うか!?」

「ちょろいって言われましたから、私はちょろいんです。事実を言ったまでです」

すると「なんだそれ」と常盤が呆れた顔をした。テーブルに常盤が頼んだ日本酒と鶏のタタキが置かれ、利美にもウーロンハイが回ってくる。

「言われたって、どういうことだよ。お前がちょろいって言われたのか？」

「ええ。昔付きあっていた、彼氏に」

それは、まるで先ほど飲んだ泡の消えたビールみたいに苦い思い出だ。

利美が過去に一度だけ付きあった彼氏。

彼女が添乗員になってすぐのことだった。相手は同じ系列の旅行会社に勤めていた営業の男。きっかけは同僚の女の子が誘ってくれた合コンだった。

年上で、仕事ができて、それなりに見た目もよかった彼は、利美に優しかった。

添乗員の仕事が続いてなかなか会えないこともあったが、なんとか休みを工面して彼と会う努力をした。まったく苦ではなかった。利美は彼が好きだったからだ。

——でも。

「あの男、二股どころか四人くらいの女性添乗員と付きあっているよ」

ある日、先輩に言われた。そして、男が浮気をしていた事実を知ってしまったのだ。

嘘だと思った。最初は信じなかった。けれど、利美は偶然にも聞いてしまったのだ。それも、仕事で偶然行った、男の勤め先である旅行会社で。

利美がいるとは露知らず、男は他の営業マンと談笑していた。

「松川はちょろかったよ。ちょっと優しくしてやればすぐに懐いた。楽勝だったなあ」

そう言って、はははと笑いあっていた。あとで知ったのだが、繁忙期の添乗員は休みが定まっていないため、男が複数の女と付きあうには都合がいいらしい。

そいつはゲームをするように、女を落とすことを楽しんでいた。

すべてを知った利美は、自分から別れを告げた。それからしばらくの間は男性不信になったが、さすがに四年が経った今では、あの悲しみもだいぶ薄れてきている。

……と、そこまで話してふと利美は思った。そういえば、常盤の気さくな態度や、さらっと好意の言葉を口にするところが、なんとなくあの元彼に似ている気がする。

利美は複雑な表情を浮かべて、ごくりとウーロンハイを飲んだ。

「そりゃ、付きあった男が最低だったんだな。松川、自分でちょろいとか言うなよ」

「じゃあ、簡単ですか？」

「そうじゃない。お前はちょろくねえって言ってるんだ。優しくされて好意を持たない人間なんかいるわけねえだろ。松川の感情は当たり前のものだ。だました男が最低だっただけだ」

少し不機嫌そうな常盤の声。利美は不思議そうに、前に座る彼を見あげた。

「ちょろいだのなんだの、馬鹿かって思う。じゃあてめえは人の好意を信じないのか？優しい言葉を〝ちょろいと思われるから〟と言っていちいち疑ってかかるのか？そんな人生、なにが楽しいんだよ。人の好意は素直に受け取る。たとえ他人に馬鹿正直だのお人好しだのと言われようと、それができる人間の方が俺は好きだ」

常盤はきっぱりと言って、カウンターに置かれた鶏のタタキを箸でつまんだ。ワサビ醤油につけて食べ、「うまい！」と端的においしさを口にする。そして表面張力ぎりぎりまで注がれた冷酒に口をつけ、「京都の地酒もなかなかいけるな」と微笑んだ。

「…………」

まるで心の錘《おもり》がひとつ、取れたみたいだ。

利美が心の奥底で思っていながらも、結局口にすることができなかった言葉を、あっさり彼が口にしたことで、不思議と体が軽くなった気がした。

利美にも友人はいるが、自分からプライベートな愚痴は吐きたくなかった。辛いことも、悲しいことも、利美はいつも心に抱えて溜めこんできた。そんな彼女にとって心の癒しはいつもひとり旅だった。

その場所でしか見ることのできない珍しい風景。歴史を感じる史跡。神仏の息吹を感じる神社仏閣。地元の料理、銘菓。一期一会の、ちょっとした出会い。

それらはいつも擦りきれそうだった利美の心を慰め、辛い気持ちを綺麗に洗い流すことができたのだ。

でも、たったひと言。何気なく他人に言われただけで、こんなにも簡単に救われることもあるのか。

自然と、無表情だった利美の顔が緩んでいた。

「そうですね」

唐突な肯定に、常盤が日本酒を口にしながら利美を見る。

「元彼は最低でした。私がちょろかったんじゃなくて、単にあの人がたまたま、ひどい男だったんですね」

ふふ、と笑う。そうだ、ずっとそう思っていたのだ。

二股どころか四股なんてする男は最低だ、と。でも、そんな男を好きになったのは自分自身で、彼の優しい言葉に心が傾いたのも事実。自分にも非があったのだろうと、やみくもに相手だけを責めるのはいけないことだと思っていた。

故に誰にも言えなかった。最低な男だったと恨んでいながら、四肢をかけられていたことも恥ずかしくて、口に出すのはためらわれた。今初めてこの過去を他人に話したのだ。

「そういうことだ」

常盤が笑い「食うか？」と鶏のタタキが入った小鉢をすすめてくる。利美はいただきますと素直に頷き、醤油ワサビにちょんちょんと軽くつけてタタキを口に入れた。

「うん、裏切らない味ですね。炭火でタタキにしているところが粋です。柔らかく冷たいお肉の食感と、外側の温かくてサクッとしたのが非常にいい塩梅《あんばい》で……」

利美の言葉が途中で止まる。

凍っていた心が、しゅんと溶けていく。こうやって誰かと一緒においしいものを食べること。それは、なんて幸せな時間なんだろう。

「どうした？」

常盤の声に、こぼれ落ちそうになる涙をこらえて、利美は言う。

「……その、とてもおいしくて、思わず感動してしまいました」

「はは、そうだな。たしかにおいしいな」

優しい声で常盤は言い、微笑んだ。

やがて常盤は店員に追加注文をした。『鶏の竜田揚げ』に『せせりの炭火焼き』、日本酒のおかわりをする。

利美もよく食べる方だが、常盤は輪をかけてよく食べる男だ。見た目的にはひょろりとして背が高く、スリムな方なのだが。

「さて、この際もういいか。松川の人間性もだいぶ読めてきたからな。本当はもう少し順序を踏むつもりだったが、もともとまどろっこしいのは性分じゃない」

メニューをテーブルの隅に立てかけた彼は、手を組んで利美を見おろす。

「そろそろ本格的に、松川を口説かせてもらおうか」

ニヤリと微笑まれた。いきなりの爆弾発言に、利美はあんぐりと口を開ける。

とりあえず落ちつこうと、利美は無言でこくこくとウーロンハイを飲み、焼き鳥盛り合わせの最後の一本、カシラを手に取った。

そうして利美は、肉を噛みしめながら、今日の午前中に常盤に会ったときから、今までのことを思い出した。起きた出来事ではなく、話した内容を。常盤は利美に、なにを語りかけてきただろう。

やがて利美は、ひとつの仮説に思いいたる。

「辞表の件、常盤さんはご存知だったんですね」

「……なんだ、お見通しかよ」

常盤の言葉に、利美は少し困った顔で微笑んだ。

「常盤さんとの会話を思い出すと、ほとんどが仕事の話題だったし、私達は今までほとんど顔を合わせていませんでしたから、さすがに〝あっち〟の口説くという意味ではないだろうな、と。私は惚れっぽい性格かもしれませんが、そこまで楽天家ではないですよ」

「ふーん？　俺はべつに〝あっち〟の口説くとして取ってもらってもよかったんだけど」

「もう、誰かれ構わずそんなことを言っていたら、いつか本当に好きな人ができたとき、後悔しますよ」

「それは困るな、自重しよう。松川に嫌われたくないからな」

テーブルに肘をつき、日本酒を飲みながらくすくすと笑う。その気だるげな様子に、利美は軽く睨む。

「常盤さん、酔っぱらってるでしょう」

「うーん、少しな。普段はこんなに早く酔いは回らないんだが、やっぱり疲れてたのかな」

常盤は七時間近く運転を続けていたのだから、疲れていて当たり前だろう。

なんにしても勘ちがいしなくてよかったと、利美は密かに胸を撫でおろす。ここで変な風に解釈していたら微妙な空気になるどころではなかった。一歩まちがえたら非常に気まずい夜を過ごすところだった。

すべてはややこしい言い方をする常盤が悪い。が、ちょっとだけがっかりしてしまう自分もいた。最初から「利美の退職を引き留めたい」と言ってくれたら、こんなに複雑な心境にならなかったのに。

内心ぶつくさと文句を垂らしつつ、利美は竹筒へ串を入れた。

「今日、車で移動しながら、常盤さんは私に、仕事は楽しいかとか、添乗員だった頃の話とか聞いてきましたよね。それに、私に仕事を楽しめと、そんなことも言っていました」

「そうだな。松川の意志を確認したかったんだ。目黒さんから話は聞いていたが、やる気のない人間を無理矢理引き留めるのも酷だろ？　本当にこの仕事を辞めたいと思っているのか、それとも修復可能な意志なのか、それを見極めたかった」

常盤がくいっと冷酒の入ったグラスをあおる。酒を飲みきった彼は、メニュー表を手に取り、シメに『とり雑炊』を注文する。

「……私は、本当に辞めたいと思っているんですけどね」

「うん。その意志は感じた。でも松川はプランニングの仕事をまだ楽しんでいた」

穏やかな目で見つめてくる。そんな目で見ないでほしいとうつむき、利美は場をごまかすように残り少ないウーロンハイを飲んだ。

「楽しんでません。仕事だからしているまでです」

「そう自分に言いきかせてる、という自覚は？」

「…………」

む、と眉根をしかめる。なぜそんな人の心を読んだようなことを言うのだ。認めたくなくて、利美はうつむく。がやがやした周りの雑音が、不思議と鮮明に聞こえだす。

「俺はさ、代理店営業の松川とちがって、パッケージツアーのプランも組むから、打ち合わせが多いんだ。いろいろな人と交渉したり、話す機会がある。でも基本的には観光や旅行業の人間がほとんどで、つまり同業者ってわけだ」

いたって自然な仕草でごそごそとスラックスのポケットを探る。そして彼は「あっ」と小さな声をあげると、なにも取り出すことなくテーブルで手を組んだ。そのまま手持ち無沙汰になったように、指をくるくると回しながら口を開く。

「仕事を楽しんでる人間と、そうでない人間はわかりやすい。客を単位としてしか見てないヤツとそうでないヤツってことだからな。助手席で今回のプランを考えてる松川は、客という存在の裏側にひとりの人間がいると認識してるように見えた。旅を楽しんでもらえるか、どうやったら素敵な思い出になるか、一生懸命考えていたからな」

「それが、仕事を楽しんでいるということなんですか？」

「ああ。真面目な性格もあるかもしれんが、松川は単なる仕事人間じゃない。自分が知っている感動、新しい味、出会い。旅から得るさまざまな嬉しいことを、どうやったら客にわかってもらえるか。それを考えている松川はとても楽しそうに見えたよ。グルメなんかとくに」

たった一日なのに、そんな風に見えたのか。一年前から感情を表に出さないよう努めてきたつもりなのに。

自分には心を凍らせることなど、どだい無理な話だったのかもしれない。

利美は飲みかけのウーロンハイを見つめ、ぽつりと呟く。

「私は……」

「松川が今の松川になってしまった。ウチに入ってからプランを否定されたこと以外にも、添乗員をしていた頃に、そのきっかけとなる出来事があった。そうなんだろ?」

常盤の言葉に、利美ははじかれたように顔をあげた。横を向けば、常盤は変わらず穏やかな笑みを見せている。その目がすべてを語っていた。彼はすでに知っているのだ。利美が添乗員をしていた頃の、あの出来事を。

「目黒さんから聞いたんですね」

「ま、ひととおりはな」

そう言って、常盤がテーブルに頬杖をつく。

「思えばあれが、いちばんのきっかけだったんです」と、利美は苦い顔でうつむいた。

——嫌な。とても嫌な思い出。できれば忘れたい思い出が、否応なく利美の記憶から溢れでてきた。

利美は添乗員をしていた頃、もっと愛想のいい人間だった。よく笑いよく喋る。世話好きで感情がそのまま顔に出てしまうような、まさに添乗員向きの性格をしていた。人と話すのが楽しくて、出会いに喜びを感じて、そしてなにより旅が大好きだった。ツアーに同行し、さまざまな名所や観光地の説明をしながら、ときどき世間話を交わす。堀川の店を客にすすめたのも、そんな何気ない会話のひとつで、あの頃、利美にとって添乗員の仕事は、天職と思えた。それほど毎日が充実していた。

四年勤めて、そろそろ仕事も熟達したと言える頃。

利美の身に、とんでもないトラブルが降りかかった。

それは二泊三日の沖縄でのパッケージツアー。

一日目は有名なリゾートホテルでゆっくりと余暇を過ごすプランだった。プライベートビーチで海水浴を楽しみ、夜は花火を見ながらコース料理を食す。観光案内という利美の仕事は、次の日からだった。

貸し切りバスで戦跡や水族館を巡るという、観光がメインの二日目。しかし、ツアー会社の手配ミスで、肝心のバスが来なかった。

利美は慌ててツアー会社の担当営業に連絡し、トラブルを伝えた。のちにバスは手配されたものの、客を半日近くホテルに待機させてしまう事態に陥った。

予定していた水族館には行けず、昼食のレストランもキャンセルし、各自で取ることになった。客は怒り、その矛先は利美に向かった。ツアー会社側の人間は利美しかいなかったので、当然だ。

利美は平謝りするしかなく、バスの中でただ小さく縮こまっていた。バスの中に、もはや旅を楽しむという空気は、塵ほどもなかったのだ。

後日、旅行会社は昼食代などの返金や謝罪の手紙を送るなど、アフターケアに奔走したが、その後、利美のもとにツアーの担当営業とその上司がやってきた。

どうやら、直接謝罪に来いと言った客が何人かいたらしい。そして、謝罪を求める人間の中に、利美の名が含まれていた。

あの日利美がとった行動に、なにか不手際があったのかもしれない。もっと機転を利かせれば、あそこまで客を怒らせずに済んだのかもしれない。

利美は反省し、旅行会社の人間と共に謝罪に向かった。謝れば許してもらえる——そんな甘いことを考えながら。


「そのとき、靴が汚いって、言われたんです」

がやがやした明るい雰囲気の中、利美がぽつりとこぼす。

「べつに汚くしているつもりはありませんでした。普通のローファーです。でもお客さんにはそう言われました。私の靴が汚いから家に入れたくないと。それで、玄関先で謝りました」

ときどきメディアで理不尽なクレームが報道されているが、利美の場合はそこまでされたわけではなかった。

しかし謝罪を何度口にしても、客はひとつも聞き入れない。では、なぜわざわざ直接来いと言ってきたのか——それは、旅費の全額返金を求めるためだった。

旅行会社は、すでにレストランへのキャンセル料金や、客にも旅費の一部返金など対応し、痛手をこうむっている。全額返金に頷くことはできなかった。ひとり頷いてしまえば、返金を求める声があとを絶たないからだ。

返金はできないと言う会社側に客は激昂した。

彼らは被害者であることにまちがいはない。そして自分達は不快感を与えた加害者だ。それは理解している。だが、そこからどうやって解決すればいいのかわからない。謝っても許されない、だが金も払えない状態で、どんな行動をすれば現状がよくなるのか、まったく考えつかなかった。

その客は訴えると言っていたが、結局、裁判沙汰にはならなかった。

直接謝罪を求めたのは他にも数人いた。利美と旅行会社の担当は黙々と謝ってまわったが、全員が許してくれることはなかった。

——怖かった。

「一日目は、みんなすごく旅を楽しんでいたんです。ビーチで遊んでるときも、花火を見ているときも。心から喜んでいました。このツアーを選んでよかったよ、って声をかけてくれる人もいました」

しかし、たったひとつミスを犯しただけでそれは最悪な旅行へと変わってしまった。

あの旅行は失敗だったとみんなが感じ、それまで優しく声をかけてくれた人も怒りの形相で利美をなじった。それほどまでに手配ミスは致命的であり、重大な損失となる。だが、それがわかっていても、利美は悲しかった。

それ以来、客の顔色をつねに窺うようになってしまった。いつも、客が腹の中でなにを考えているのか、不安に襲われた。仕事で笑顔を浮かべることができなくなった。客にひとつ説明するだけでもひどく緊張し、心の中で怯えてしまう。

大好きだった添乗員の仕事を、続けられなくなってしまった。

上司や同僚に「あれは特殊なケースだから」と言われてたくさん励ましてもらったけれど、利美にはもう、もとの気持ちに戻って仕事をすることができなかった。今辞めないと絶対に後悔すると思ったのだ。

またあんなことが起こって、人から悪意を向けられたら——きっと立ちなおれない。利美はただ、自分の心を守るために添乗員の派遣会社を辞めたのだ。

そして目黒に拾われた。「ウチで働かないか」と。

新しい仕事は代理店を介した受注型企画旅行のプランニングと、パッケージツアーの営業。直接客と関わることがない仕事だと知り、利美は目黒の言葉に甘えた。だが、またも傷つき、感情を表に出すことをやめた。

悲しいとか苦しいとか、そういうことを感じるから仕事が辛くなる。それなら最初から機械みたいに動けばいい。

人から言われた仕事を忠実にこなす。客の要望を淡々と処理する。そうすればあとでなにを言われても心は傷つかない。だから利美は無表情に徹し、感情を封じこめた。

最初はうまくできなくて傷つくこともあったけれど、だんだん余計なことを考えずに淡々と仕事ができるようになった。

利美は必死に自分の心を守っていたのだ。

これ以上、なにかあったら——大好きな旅さえも、嫌いになってしまいそうだったから。

利美がぽつぽつと昔を語っていると、テーブルに土鍋で湯気を立てるとり雑炊が置かれた。酒のシメに雑炊、というのは利美も嫌いではない。さらさらと食べられるところが好きだ。レンゲにすくってふうふうと息を吹き、ずずっと啜ると出汁の優しい香りがした。

心がほっこりと温かくなる。とり雑炊は安堵の味だ。

隣で同じようにレンゲを使って食べていた常盤も「めちゃくちゃうめーな」と呟いている。この店を選んでよかったと、利美は心の中で堀川に感謝した。

「それでさ、松川」

「はい」

ずっ、ずずず。ふたりで雑炊を啜りながら会話する。

「添乗員を辞めたのは理解できるけど、なんでウチを辞めるんだよ。べつになにかされたわけじゃねーんだろ」

「そうですね……」

はふはふと、鶏のささみを食べる。手で裂かれたささみは柔らかく、薄く味付けた塩味は格別だった。

「たしかに、提示したプランを否定されたとき以来、とくになにかがあったわけじゃありません。でも、もう無理だと思ったんです」

「ふうん。なにが無理なんだ？」

ずず、ごくん。とり雑炊を咀嚼して飲みこむ。

「自分が望んだことなのに、客の要望に応えてチケットを手配するだけの、単調な日々が。いつの間にか本当に機械みたいに仕事をしていました。やりがいなんて、まったく感じなかった」

低予算なのが悪いのではない。人を小間使いのように扱う客が悪いのではない。利美の心の問題なのだ。

代理店を介して送られてくるファックスをもとに、流れ作業で組み立てるプラン。そこに利美が思う楽しさを入れる隙間などなかった。毎日の仕事をつまらないと感じ、心が少しずつ擦りきれていく。

やがて仕事は日々の糧を得るための手段と化し、給料がもらえるならなんでもいいと、考えだす。

利美は大好きだったひとり旅にも、次第に行かなくなっていた。

心が疲れきって、どこにも行きたくない。休みの日はアパートに閉じこもることが増えた。あんなに旅の予定を組むのが楽しかったのに、面倒臭いと思ってしまう。

自分はいったい、なんのために生きているんだろう……。

旅が唯一の大切な趣味だったからこそ、楽しめなくなった自分に愕然とした。

だから辞めようと思ったのだ。なんとなく旅行業界にしがみついていたけれど、ここにいるとどんどん心が死んでいく気がした。仕事が糧を得るための手段なら、べつに旅行業界でなくてもいいはず。むしろ、まったく関係のない業界の方が、ふたたび旅行を楽しめるようになるのかもしれない。

利美は、もとの自分に戻りたかった。

「目黒さんは言うんです。松川に足りないのは〝きっかけ〟だって」

「きっかけ、か」

「ええ。過去の出来事を吹っきるきっかけさえ見つけることができたら、昔のように仕事を楽しめるはずだって。だからしばらくの間、ウチで頑張ってみろと言われました」

「それでウチに入ったんだな」

こくりと頷く。考えてみれば、自分はとても人に恵まれている。派遣時代も、上司や同僚に別れを惜しんでもらえた。目黒にも誘ってもらえた。

誰かに必要とされている――その思いは、くじけそうだった心に希望を与えた。

「たしかに、今日だって楽しいこともありました。半分以上はびっくりすることばかりでしたけどサービスエリアで食べたご飯もおいしかったですし、富士山も綺麗でした」

利美がとり雑炊を食べ終えると、同じタイミングで常盤も空になったどんぶりにレンゲを転がす。

「車の旅は、楽しかったです。でも、仕事が楽しめてるかどうかはわかりません。……まだ、お客さんは怖いです」

「……そうか」

ふうと息をついて、帰り支度を始めている周りの客を眺めた。

しばらく沈黙が続いたあと、そろそろ行こうか、と常盤が伝票を持って立ちあがる。会計の際、利美は横からサッと紙幣を置いた。常盤がもの言いたげに利美を見おろしたが、さすがにごちそうになりっぱなしという訳にはいかなかった。

「……思うんだが職を変えたところで、嫌なことはいくらでもあるだろう。どうしようもない理不尽な目に遭う可能性はある。松川は、その度に会社を辞めるつもりなのか？」

コツコツとふたりの靴音が響く中、常盤がゆっくりした口調で問いかけてくる。

「そんなつもりはありません。私だってその辺りは理解しています。ただ、旅行会社で働きつづける必要はないと思ったんです。もう、旅に関係することで辛い目に遭いたくない」

利美にとって〝旅をすること〟は唯一の趣味だった。

仕事が生活の糧なら、趣味は心の糧。なくても生きていけるが、ないと生きがいを感じることができない。

——仕事と趣味は、一緒にしてはいけなかったのだ。

両立させるためには、さまざまなトラブルや理不尽に耐えぬき、なおも好きでありつづけなければならない。それには、多大な心のエネルギーが必要になる。

利美は弱かったのだ。

仕事と趣味を分けたいと思った。もう、仕事は糧を得るための手段だと割りきり、趣味を心から楽しみたい。

これは利美にとってひとつの防衛本能。心を守る術。

「私は、目黒さんの言う〝きっかけ〟を見つけだすことができなかった。だから自分でつくろうとして、その結果が、現状なんです」

「なるほど。そういうことか……」

常盤ががりがりと頭を搔く。

――みんな、自分と同じような経験をしたことがあるのだろうか。それを乗り越え、今を笑っているのだろうか。

弱い利美には、もはや逃避しか思いつかない。

トボトボと歩く。そんな彼女の前を歩きながら、常盤はスラックスのポケットに両手を突っこみ、天を仰いだ。

「松川が添乗員の頃に出くわした客はさ。はじめから、謝罪なんてほしくなかったんだと思うぞ」

「じゃあ、お金がほしかったんですか？」

「それもちがう。いや、あわよくばほしかったのかもしれないが。客はさ、ただ八つ当たりがしたかったんだよ」

細い十字路を通り過ぎホテルが見えてくる。利美は顔をあげ、常盤の背中に呟いた。

「……八つ当たりですか」

「そう。楽しいはずの旅行が台なしになったから八つ当たりがしたかった。目の前にサンドバッグ役がいたから、喜んで殴った。謝罪が受け入れられなかったのはそういうことだ。

しょうもない話だよ」

その口調はどこか怒っているようにも思えた。刈谷ハイウェイオアシスで、仕事に対する姿勢について話していたときにも聞いた、少し苛立ったような声。

しかしこれは、彼が利美を心配している態度なのだと、今はわかる。

「納得できる部分はありますが、あまり納得したくないですね」

「そうか？　向こうが最悪な旅行だったと思ったなら、こっちだって最悪な客だったと思えばいい。もちろん、今後ミスをしないよう尽力しなければならないが、必要以上に自分を責めることはない」

「それは言いすぎです。だってあのお客さんだって、トラブルが起きる前は旅を楽しむ人の顔をしていたんです。最悪な客なんて、口に出すのはもちろん、思うのもだめなんです」

かつ、とローファーを履いた足をホテルの前で止める。常盤は中に入ろうとせず、じっとホテルの入口を見つめている。

利美も立ち止まり、常盤の反論を静かに待った。きっと、利美の言葉を受け入れないだろうと思ったのだ。

けれど、常盤はふっと穏やかに笑って、利美に顔を向けてきた。その目は柔らかに和んでいる。

「……松川は、真面目だよな」

「それは褒めてないですよね」

「なんで？　全力で褒めてるのに」

「真面目だからこそ悩むのだと。もっと気楽に生きろと言っているように聞こえます」

彼は「たしかになあ」と利美の言葉を肯定し、ははは と笑う。ひとしきり笑った常盤は軽く息をつき、優しく利美を見つめる。

「俺さ、昔はわりとやんちゃしてたんだ。いわゆる不良ってやつだな」

「はあ」

「悪いことするのがカッコイイみたいに勘ちがいしていて、バカばっかりやってた。その頃、目黒さんに会ってさ。いろいろあって、俺は猛勉強して大学を卒業し、企業に入社したんだ。ウチの本社にな」

なんとなく柄の悪さを感じていたが、彼は元不良だったのか。そこはイメージにぴったりだなと利美は思う。つり目なところとかちょっと軽いところとか、いかにも〝らしい〟。

「仕事は自分に合ってたのか、成績も順調で、プライベートも順風満帆。これからもきっと俺はうまくいく……そう思っていた。でも、自業自得で蹴落とされちまった」

「自業自得？」

「俺の成績をやっかんだ連中が上層部にチクッたんだ、俺の過去を。――暴走行為とか、本当にバカなことばっかりしてたからなあ」

「ぼ、暴走行為？」

聞き返しながら利美は、運転がうまかったのはコレか、と妙に納得する。

「まあ、ちょっとな。……で、企業イメージが崩れることを恐れた上層部は、俺を厄介者扱いして、居場所がなくなった。それで、目黒さんとここにきたんだ。……俺も松川と同じで、逃げてきたんだよ」

情けない話だよなと、自嘲するように笑う。

本社でそんなことがあったとは。不良だったという常盤にも呆れるが、告げ口した人間にも呆れてしまう。そんな暇があるなら、自分の成績をあげる努力をすればいいのに。

「過去に悪いことをしたヤツが更生する話は美談かもしれないが、結局、過去はなにをしても消せない。俺はいつか、また過去に足を引っぱられるんだろう。それは一生ついて回るんだ。……どんなに頑張っても、俺は〝普通〟にはなれない」

ふ、と目を伏せる。そして常盤は、利美に微笑んだ。——まっすぐ、穏やかに。

「俺は、真面目な人間に憧れているんだ。最初から道をまちがえることなく、途中で逸れることもない人間に。そんなことは当たり前だと思うかもしれないが、俺にとっては特別なんだ。きちんとまっすぐに歩ける人間は、素敵だと思う」

「常盤さん……」

「どんなに理不尽な目に遭っても、人を嫌うことができない松川はいいヤツだよ。善人で真面目だといろいろ気苦労が絶えないだろう、と思う。……でも」

かしかし、と頭を掻き、「なに言ってんだ、俺」と呟いて、利美から顔を逸らした。

「あー。ちょっと街を見てくる。夜の京都はあんまり見たことないし。それに松川、風呂使いたいだろ。俺、しばらくぶらついてくるから入っておけよ。寝るならベッド使えよ」

「……あ、はい。お気遣いありがとうございます」

軽く頭をさげると、常盤はひらりと片手をあげて木屋町のきらびやかな街に戻っていく。そんな彼の後ろ姿を、利美はしばらく見つめていた。


数時間後。

消灯したまっ暗な部屋のテレビの前にあるローテーブルには、青い発泡スチロール箱が無造作に置かれている。

静寂に満ちた中、シャワーを浴びる音が響いた。布団にくるまっていた利美はその音で目を覚まし、軽く身じろぎをする。

扉がカチャリと開き、ふわりと香る、石鹸《せっけん》の匂い。スリッパで床を歩く音は、利美のそばでぴたりと止まった。

「――お前なあ。なんでソファで寝てるんだよ。ベッド使えっつっただろ」

呆れた声。白いソファの上で寝ていた利美は布団の中からもごもごと声を出す。

「疲労度で言えば、常盤さんの方が上です。だから常盤さんがベッドを使ってください。……掛け布団は、いただきましたけど」

「本当にカタブツだなあ。ま、掛け布団取ったところは評価しようか」

しょうがねえヤツだと軽く笑い、常盤がベッドの方へ移動していく。ドサリと音がして、彼がベッドに寝っ転がったのだと知った。

「……あのさ。実は、松川がウチに入ってくる前から、お前のことは知っていたんだ。目黒さんが本社から評判を聞いていて、俺によく話していたからな」

それは常盤のひとり言。そんな様子が窺えた。利美は目を瞑り、静かに耳を傾ける。

「おもしろい添乗員がいるんだって。よくウチのツアーに派遣されてただろ？　愛想がよくて世話好きで説明上手で。目黒さんは気に入っていたんだ。……俺も、どんな子だろって思ってた。でも、松川はウチに入ってからしばらくして、表情が消えていった。淡々と仕事する姿は、まったく楽しんでるように見えなかった」

常盤は寝返りを打ったのか、かさりとシーツの擦れる音がした。

「けど、こんな思わぬドライブから、松川の本質はすぐにわかった。真面目でいいヤツだし、きっとこいつとする旅は楽しいんだろうなと思えた。あの独特な食レポとか」

布団にくるまりながら、利美はむっと眉をひそめる。絶対に褒めていない。

「俺は、見てみたいよ。明るかったもとの松川を。お前を知る多くの人はそう思っているんだろう。だが、こういった問題はすべて本人次第だってことはよくわかってる。他人は見守ることしかできない」

利美は布団から少し顔を出し、天井を見あげた。

そう、すべては自分次第。変わらないといけない。心に決着をつけないといけないのだ。

「俺も普段は忙しいから、そこまで親身になってやることができない。でも時間つくって話を聞いてやることくらいはできる。愚痴でもなんでも言えばいい。思ってることも不満も、自分の立場なんて蹴っとばして、好き勝手に言えばいい。……だから」

そこで常盤はひと呼吸おく。そうして、

「――辞めるなよ」

とてもストレートな言葉を口にして、常盤は黙った。そのまま沈黙が続き、やがて静かな寝息が聞こえてきた。

利美は、ぼんやりと昔のことを思いだした。

初めてひとり旅をしたのは、学生時代だ。アルバイトでお金を貯め、それでも行きは格安で行けるバスとフェリーを乗りついで、北海道へ渡った。

旅費はわずかしか用意できなかったので、食事や宿にお金をかけることはできなかったが、船上からの夜景はとても美しくて、ぽってりと浮かぶ月に、静かなロマンを感じた。

エコノミールームの大部屋でマットレスを敷いて、知らない人達と一緒に寝るのはちょっと緊張したけれど、新鮮だった。

昼過ぎに苫小牧《とまこまい》に到着して、初めて踏みしめた北の大地。決めていたのは安宿と有名な観光地くらいで、細かいところはノープラン。

まずはどこに行こう。そう考えたとき、きゅうっとお腹が鳴った。

北海道らしい所で食事をしたいと思ったけれど、ガイドブックに載っていたお店に行こうとしたら早々に迷ってしまって、結局、近くにあった全国チェーンの牛丼屋で食べた。

――これじゃ、東京と変わらないじゃない。

自分の体《てい》たらくに呆れつつも、なぜか北海道で食べる玉子付きのつゆだく牛丼は、特別おいしく感じられた。

新しい場所に行くときの、ほんの少しの心細さと、わくわくした気持ち。

次はどこに行こう。なにを見よう。ガイドブックを読み、移動時間を計算してプランを組み立てる。道を歩いているときに、ふと見つけて寄った屋台。テレビや雑誌でしか知らなかった郷土料理の味。

土産屋で工芸品を見て、故郷の家族や友人を想う。喜んでもらえるといいなと、お土産を選んだ。

まったく計画性のない、無鉄砲な旅だったが、利美は今でも鮮明に思い出せる。

大変だったけれど、楽しかった。日常を離れ、心が癒された……自分の心の引き出しに、大切にしまってある。――旅が大好きになるきっかけとなった、ひとり旅。

目黒から言われて利美を引き留めようとしてくれた常盤。目黒に対する義理なのか、それとも本心なのかはわからない。

だが、彼が最後に本気で言ってくれた「辞めるなよ」という言葉は、不思議と心の中にストンと落ちた。

それはガラス玉のようなきらきらした石。黒く淀んだ心の海にぽとんと落ちて、水底で静かに輝き続ける。

……ほんの少し、海の色が澄んだ気がした。

大きな変化ではないけれど、確実になにかが変わった瞬間だった。

ツアコン・利美の、嵐山と四条案内

翌日、ホテルをチェックアウトし、さっそく箱を持ってふたりで花華堂に向かう。

「開店する前に間に合いそうですね。車もお店の駐車場に止めっぱなしですし、取りに行かなきゃ」

八時三十分を指す腕時計を見ながら利美は言う。朝の通勤ラッシュで混みあう四条通りを渡り、ふたりは花華堂のある通りに入っていく。

あの男達がウロウロしている可能性はまだ大いにあるので、辺りを警戒しながら店の横にある細い路地を通り、インターフォンを鳴らした。

ほどなく、バタバタと足音が聞こえてきて、ガラリと引き戸が開かれる。出てきたのは、昨日の女性とはちがう、利美と同じくらいの年齢の若い女性だ。

「ああっ！　もしかしてあなた方、昨日きはった方ですか!?　たしか、松川さんですよね！」

「あ、は、はい。昨日も伺いましたけど、箱を……」

「千絵《ちえ》さんから聞きました。ほんまに昨日は、兄達がご迷惑をおかけして申し訳ありません！」

一方的にぺこぺこと頭をさげて謝ってくる。事態が呑みこめずに利美達が戸惑っていると、少し遅れて昨日の顔ぶれがやってきた。

党真と名乗った男と大人しそうな女性。党真と取っ組み合いをしていた男。

「真琴《まこと》、ふたりとも困ってはるやろが。いきなり謝ったって、なんのこっちゃわからへんやろ」

頭に手ぬぐいを巻いた男が呆れたように言う。真琴が「だって」と不満そうに振り向くと、紺色の作務衣にエプロンを巻いた男——党真がズイと前に出た。

「昨日といい、今日といい、朝からご迷惑をおかけしてすみません。おふたりに説明がしたいので、あがっていただけませんか？」

常盤と利美は目を合わせた。しかし、断る訳にもいかない。

「わかりました。では、お邪魔します」

代表して常盤が返事をし、ふたりは玄関に入って靴を脱いだ。

利美達が通されたのは、畳敷きの居間だった。長方形の木製座卓を中心に、利美と常盤が間に箱を置いて並んで座り、その向かい側に党真達四人が腰を下ろす。

「まずは自己紹介をさせてください。改めまして、私は堀川党真。そして妻の千絵です」

党真が手のひらで示すのは、昨夜玄関に出てきた女性だ。千絵は会釈をすると立ちあがり、お茶の用意をしはじめる。

すると次は自分の出番だとばかりに、手ぬぐい頭の男が軽く身を乗りだした。

「俺は堀川和真。こいつの弟で、仕事は菓子づくり。もっとも、店はこんな辛気臭い店とちごうて、アッチの開けた通りで和スイーツカフェやってるんやで」

「へえ……和スイーツカフェ、ですか」

いかにも京都らしい。言葉の雰囲気から、女性客に人気がありそうだと利美は思う。和真はニッコリと人懐こい笑みを浮かべ「そうや」と頷いた。

「店名は花華堂。菓子はもちろんやけど、お茶にも凝っててんねんで。暇やったら、あとで遊びにきたらええよ」

「おい、勝手なことを言うな。だいたい、本当の花華堂はここなんやで。お前は勝手に人の店の名前を盗ったんや。おまけにこんなところで営業までして、厚かましいヤツやな」

「あの店はもともと親父がつくったんやから、花華堂を名乗るんは当たり前の話やろ」

「親父がつくったんとちゃう。親父が買った土地で、お前が好き勝手やってるだけや。勘ちがいするな」

「もともとのコンセプトは決まってたんや。それになあ、お客はんに営業なんて当たり前の話やろ？　兄貴はそういうところ潔癖すぎるんや。プライドだけ高《た》こうて、客が勝手に店を見つけてくれるって思ってる。そんな調子でやってたら、すぐにこの店潰れるで」

「なんやと!!」

ガタッと党真が膝をあげた。和真も作務衣の袖をまくりあげて立ちあがろうとしたところで、真琴という女性が「やめて！」と一喝する。

「兄さん達、どっちもええ加減にして。昨日もこの調子で、このおふたりを追い返してしもうたんやろ。所構わず喧嘩するの、ほんまにやめてよ。松川さん、常盤さん、ごめんなさい」

真琴が利美達に向かって頭をさげる。どうやらこの兄弟喧嘩は日常的に繰り返されているようだ。

「挨拶が遅れましたけど、私は堀川真琴。トウ兄さんとカズ兄さんの妹で、今はカズ兄さんの店で働いてます。……実は昨日、うちに父から電話がきたんです」

「お父さまは、真琴さんに連絡をしたんですね」

ようやく話が本題に入って、利美はほっとする。真琴はこくりと頷いた。

「でも、横でカズ兄さんが聞いてはって、そのままトウ兄さんの花華堂に行ってしもうたんです。のちの騒動は……おふたりの方がご存知でしょうけど」

利美達はようやく昨日のくだりを理解した。しかし、どうして花華堂を名乗る店がふたつあり、この兄弟はいがみあっているのだろう。

千絵が利美と常盤の前に日本茶を置いてくれる。一礼をして、利美は温かいお茶をひと口飲んだ。

「すべては父が入院してから始まりました。最初は京都の病院で入退院を繰り返して、そのあと東京の病院に移ることになったんです。先生は、体は治ると思うけど、立ち仕事は難しいかもしれへんって言ってました。つまり……」

「退院しても和菓子がつくれないってことですか？」

静かに常盤が聞く。真琴は辛そうな顔をして頷いた。

「手術が成功して、体が戻れば、仕事の復帰も可能だそうです。でも……そうはならない可能性もあって、自然と話題は、誰が花華堂を継ぐかという話になりました。そして、兄達が諍《いさか》いを始めて……」

真琴の説明に、覚真と和真は鏡合わせのように、フンッとそっぽを向いた。

なるほど、跡目争いならこの仲の悪さも頷ける。それにしても、花華堂がこんな事態になっていたとは。

「覚真さんは京都の和菓子職人として、昔ながらの伝統の京菓子を提供することにこだわっています。お義父さんから秘伝のレシピをたくさん、教わったそうですから」

千絵の説明に、憤然とした表情で覚真が腕を組み、言った。

「鮮度によって味が落ちてしまう儚《はかな》さから〝いきもの〟だとも称される主菓子《おもがし》、和三盆のおいしさと見た目が雅な干菓子。京菓子には、過去の職人たちが競い合って技術を高めた、究極の完成形があるんです。花華堂は永禄の時代から続く店。京菓子の遺産を後世に伝えるのは、父より技術を継いだ私の義務です」

きっぱりと言いきるのは、自分の技術に絶対的な自信を持っているからだろう。利美は覚真に、和菓子に対する並々ならないこだわりと、プライドの高さを感じた。

そんな覚真を鼻で笑い、行儀悪く膝を立てて座りなおしたのは和真だ。

「えらいご大層なことやなあ？　でも、創作菓子をつくろうと言いだしたのも、親父なんやで」

　彼の挑発するような視線に、党真が冷たい眼差しを向ける。

「兄貴はしょせん過去の技術の模倣しかできひん。すでにできあがった完成品を真似るだけや。でもな、なにかをイチからつくるのはえらい大変なことなんやで。親父は、閉鎖的な花華堂を新しくしようとしたんや。土地を買ったんも、その意志の表れやろ」

　ばちばちと火花を散らすように、兄弟は睨みあう。真琴が疲れた表情で首を横に振った。

「カズ兄さんは、父と一緒に創作菓子の研究をしていました。伝統にとらわれない新しい和菓子をつくろうって、洋菓子の要素を入れたり、京野菜を使ってみたり、試作を繰り返してさまざまなレシピをつくりだしたんです。それで……トウ兄さんとカズ兄さんは、こんな調子でずっと意見が対立しているんです」

　つまり図式は単純だ。父親が体を患い、仕事を続けることができなくなってしまった。古いものを大事にする兄と、新しいものを追求したい弟。どちらが店を継ぐかによって、店の方向性がガラリと変わってしまう。だから諍いに転じてしまったのだ。

　話の流れで考えれば、そののち袂を分かった弟が新しく店を立ちあげたのだろう。あくまで跡を継ぐのは自分だと言わんばかりに、屋号まで同じにして。

　思わず利美と常盤は顔を見あわせてしまう。

「あー、えっと、跡目争いはともかく。まだ店主はお父さまなんですよね？　じゃあ、ご本人にお伺いしたらどうでしょう。それではっきりするのではないでしょうか」

苦し紛れに常盤が問いかける。すると真琴と千絵は困った表情になる。

「それが……。お父さん、跡継ぎの話になると、途端に機嫌が悪くなってだんまりを決めこむんです」

真琴が肩を落とし、うつむいた千絵が言葉を続ける。

「何度か病院で聞いたんですが、その話をしにきたなら帰ってくれの一点張りで。きっと、ご自分が除《の》け者扱いになっているのが嫌なんでしょうね」

はあ、と揃ってため息をつく。これはいよいよ面倒なことになってしまった。堀川より託されたこの箱は、誰に渡せばいいのだ。

いっそのこと、ここに置いてそのまま去ってしまおうか。

……しかし。ふと、利美は病院での堀川を思い出した。

ここで箱を置き去りにして「さようなら」では、あまりに薄情だ。それに、堀川には京都特集でこの和菓子屋を紹介したいと話をしている。ここで放置して帰れば、彼の心象は悪くなるだろう。前向きな話もできないかもしれない。

素直に宅配で送ればよかったと後悔する。が、そうは思っても、それを実行できないのが利美という人間だった。

「堀川さんは、私にこの荷物を渡すとき、考えこんでいました」

あのときのやりとりを思い出しながら、利美がぽつりと言う。おそらく、この箱が京都に届けられた時点で争いの種になるとわかっていたのだ。

「堀川さんは、ご自分で送ろうかとも考えていたようでした。でも、自分の名前で送ると具合が悪くなると言って、私に託したんです」

――家族はほとんど見舞いにこない。それどころじゃないから。

堀川は寂しかったのではないだろうか。勝手に跡目争いをしている現状が。さらに言えば、己の血を分けた息子達がいがみあっていることが。

それでも、堀川は自ら争いの火種を送った。

「きっと、どうしてもこれを送らなくちゃいけない理由があったんですよ。争いになるとわかっていても」

これはあくまで堀川家の事情だ。自分たちは他人である。そこまで介入し、深入りできる立場ではない。

常盤も利美と同じことを思っているようだった。そして利美よりもこの店に思い入れのない常盤は、とっとと面倒事を片付けて帰りたいという表情をしている。

だが、利美はこくりと小さく生唾を飲んで言った。

「あの、今、ここで、私が連絡してみましょうか」

「え？」

「他人だからこそ、言える話があるかもしれません。もちろんみなさんにも話を聞いてもらって、それから箱をどうするか決めてはいかがですか？」

お節介にもほどがある。結構ですと言われたら大人しく箱を置いて帰ろう。そう利美が思っていると、ぱあっと顔を明るくした真琴が声をあげた。

「本当ですか⁉」

「あ、はい。堀川さんとは懇意にさせてもらっているので、このまま放っておけませんし」

「ありがとうございます！　実はもう、途方に暮れていたんです。兄達の争いは収まるどころか悪くなる一方で、今、お父さんに聞いてもらえるなら、そんなありがたい話はありません！」

余計なお世話どころか、感謝されてしまった。たしかにお家騒動が長引けばせっかくの客も分断されてしまうだろうし、争いに気が散って和菓子づくりにも支障が出るかもしれない。

「党真さんもそれでええよね？　お義父さんが決めることなんやから、文句はないやんね！」

「最初から文句なんて言ってへんやろ。和真が文句言っても知らんけどな」

「同じセリフ返したるわ。兄貴こそ、あとでごちゃごちゃ文句言わんといてや」

「もう、カズ兄さん。そういう風に言うから喧嘩になるんやろ。ええ加減にして！」

真琴がいらいらと和真を睨みつける。その表情には疲れが見えた。

利美は常盤を見あげる。彼は冷静な顔で腕を組み、この状況を眺めていた。

「ごめんなさい、常盤さん。でも、私……」

「わかってる。松川が添乗員をしていた頃、世話焼きで他人に対して親身になれる人間なんだと、目黒さんが言っていた。これでも、松川の性格はわかっているつもりだ」

「常盤さん……」

「自分が納得できる方法でやればいい。これが松川の仕事に繋がることなら、なおさらだ」

にっこりと利美に微笑みかける。その笑顔に、利美は背中を押されたような気がして「はい！」と頷いた。

さっそくポケットからスマートフォンを取りだして、堀川にメールを打つ。すぐに、スマートフォンの着信音が鳴った。堀川が利美からのメールを見て、電話をかけてきたのだ。

挨拶を交わしてスピーカーフォンにし、まず利美は説明を始めた。今、自分たちが京都にいること。そして花華堂がふたつあって、兄弟が対立しているのを目の当たりにしていること。

箱を狙う謎の黒スーツ男達については、話が複雑になりそうだったので伏せておく。

要は、兄か弟か、はたまた妹か。誰に箱を渡せばよいのかを聞きたいのだ。

堀川はひととおりの説明を聞いて、「そんな話になっとったんですか」と、小さく呟いた。

「わざわざ京都まで行ってくださったとは、ほんまに申し訳なかったですね。迷惑かけてしもたなあ」

「いえその、仕事の部分もありましたから。それで箱のことなんですけど……」

「ああ、そうやね。……正直言うて、わたしは特定のひとりにあの箱をあげたいとは思うてなかったんです。言ったでしょう？　うちの店に送ってほしい、って。もうね、ポンッて軒先に置いてもらうくらいでよかったんですわ。あとになって箱を取りあいしようが揉めようがどうでもよかったんです」

突き放したような、感情のない淡々とした声。まるで他人事のように、堀川は息子達の争いについて無関心だった。おもわず利美は、花華堂の三人兄弟を見まわしてしまう。彼らは全員、苦虫を噛んだような表情をしていた。

「最近は物騒なご時世やから、ようわからん荷物なんかいきなり届けられても困るかな、と思って真琴には連絡しましたけど。やっぱり、そういう状況になってしまうんやね。党真も和真も、なんで半分分けができひんのやろう。……わたしの育て方が下手くそやったんやろうね」

はは、と自嘲するように堀川が笑った。利美は切なくなる。党真と和真はうつむき、決まり悪げにしている。

「じゃあ堀川さん。私は、この箱を誰かに渡さなくてもいいということですか？　このまま店に置き去りにしても？」

「そうやね。そうしてもらって結構なんやけど」

「ちょお待ってお父さん。そんなん困るわ！　今以上に事態が悪くなるに決まってるやないの。それやったら最初から送らんといてよ。ただでさえ毎日ギスギスしてて胃がおかしくなりそうやのに、これ以上変なトラブルのもと、持ってこんといて！」

真琴が焦ったようにスマートフォンに詰めよる。まさか自分の言葉を聞いているとは思っていなかったのか、堀川は少し驚いたように「真琴？」と戸惑いの声をあげた。利美は慌てて、この会話がスピーカーフォンで全員に聞こえているのだと話す。

「そうですか……。そやったらもう、はっきりさせた方がええんかもしれへんな。覚真、和真、それから真琴も」

「え、うちも？」

「わたしはお前たちを全員、平等に育ててきたつもりや。もちろん真琴にだって店を継ぐ資格はある。お前はいつも兄ふたりに遠慮して一歩引いてたみたいやけど、和菓子づくりの腕は胸張っていいレベルや」

「そ、そうなん？　……お父さんから褒められたんは初めてやね」

思わず頭を掻いて嬉しそうにした真琴を押しのけ、そんなことはどうでもいいと和真が声を荒らげる。

「それで、どうやってはっきりさせるんや」

「その前に。……松川さん、ほんまに堪忍ですけど、もう少しこの馬鹿息子達に付きあってくれへんやろか。松川さんにしかできひんことなんです」

堀川は心底申し訳なさそうな声で利美に懇願してきた。もうすでに半分以上足を踏み入れている利美は、迷うことなくきっぱりと頷く。

「私でなにかお役に立てるなら、遠慮なくおっしゃってください」

「ありがとう。じゃあさっそく、説明します」

コホン、と堀川が軽く咳払いした。ようやく後継者が決まるのだと、党真も和真も緊張の面持ちで電話をする利美を見つめている。

「まず、その青い発泡スチロール箱なんですけどね。中身は砂糖なんです」

「砂糖!?」

おもわず問い返してしまった。堀川は「ええ」と、事もなげに肯定する。

「まあもちろん。普通の砂糖ではないです。和三盆といって、干菓子や練り切りの材料になったりしますね。関東にある、とある製糖所のものになります。昔は京都産にこだわってましたけど、その製糖所の和三盆は本当にすばらしい出来なんです。ただ、大量生産できないのがネックで、何度も電話交渉してようやく分けてもらえることになりました。その箱に入った和三盆はいわゆるサンプル品になります」

和菓子の材料——堀川は最初からそう言っていた。砂糖は菓子づくりの要《かなめ》だ。彼にとってみれば、非常に重要な品を利美に託していたのだ。

「党真、和真、真琴。その和三盆を三等分して、和菓子をつくりなさい。それで松川さんに食べてもらいなさい。……松川さんがいちばんだと思った人間に、わたしの跡を継がせます」

全員がぎょっとし、「えっ!?」と戸惑いの声をあげる。利美自身、思ってもみなかった大役に目を見開き、あんぐりと口を開けた。

「松川さんは、わたしの和菓子をよく理解しています。松川さんが認めたなら、わたしも認めます。……あとは、結果だけまた連絡してください。それではよろしくお願いします」

ぷつりと電話が切れる。誰ひとりとして言葉を発することができない中、常盤だけがぼそりと「すげー無茶ぶり……」と呟いた。

水を打ったように、辺りが静まる。しばらくして、覚真が低くため息をついた。

「まさか松川さんに判断を委ねるとは。……すみません、父のわがままは度を越えていますね」

「い、いえ。ちょっとびっくりしましたが。でも、どうしますか？　堀川さんは結果だけ連絡してほしいと言っていましたが、本当にやるんですか？」

戸惑いを隠せない。不安げに辺りを見わたす利美に、全員が黙って見返してきた。利美は慌てて、あたふたと手を横に振る。

「わ、私、素人ですよ。とくに食通ってわけでもないですし、自分の味覚に自信なんてありません。そんな特別な和三盆でお菓子をつくられても、私には普通とのちがいすらわからないかもしれない。だから」

「……そうですね。店の継承という、私達にとって人生も左右することをこんな形で決められるのは、たしかに不服です。失礼ながら、松川さんはとくに〝食のプロ〟というわけでもないので、私は納得できません」

覚真がじっと利美を見つめて本音を口にする。父親が判断するならともかく、利美では力不足だ。それは利美自身にもわかっていたので、「そうですよね」と同意する。

しかしそんなふたりに割って入ってきたのは、勝気な表情の和真だった。

「俺は賛成や。親父が松川さんの舌に任せるって言うてるんやからべつにええやろ。だいたい、いつもやって俺の菓子を食うのは〝食のプロ〟やない。松川さんと同じ、特別な舌なんて持ってへん普通のお客さんや。つまり親父が言いたいのは、松川さんを〝客の代表〟にする。……つまり、そういうことなんやろ」

ふっ、と和真が笑う。そして兄である党真をまっすぐに見た。

「簡単なことや。誰がいちばん客を満足させるかが勝負なんや。俺は自信あるで？　絶対に松川さんがうまいって言う菓子つくったる。まあ、ヘタレの兄貴や俺らの手伝いしかできへん真琴には無理な話やろうけどな」

ピシッと音がしそうなほど、空気が凍りつく。党真が厳しい目で和真を睨んだ。

「なんやと……」

「兄貴が不服やろうがどうでもええねん。関係あらへん。親父は言った。だから俺は勝負にのったる。納得できへん兄貴は勝手に辞退でもしたらええ。松川さんが俺のうまい菓子食って、親父に電話したらそれですべて仕舞いや」

今にも殴りかかりそうな勢いで党真が拳を握る。

「ふたりとも、もうお願いやから、お客さんの前ではやめて！」

真琴は慌ててふたりの間に入り、利美と常盤に向かって話す。

「信じられないかもしれませんが、昔は本当に仲のいい兄弟だったんです。なのに今は、見る影もない有様で……いまだに不思議でならないんです。どうしてお父さんはまんべんなく和菓子を教えてくれなかったんだろうって。お父さんの教え方は極端で、だから、こんなことに……」

党真は悲しそうに言う真琴から顔をそむけると、小さく「わかった」と呟いた。

「納得はできへんけど、辞退する気もない。要は松川さん好みの菓子をつくれってことなんやろ？　わかったわ。やったる」

あくまで不本意である姿勢は崩さない。しかしあれよあれよと話が決まって、いちばん困るのは審査役の利美だった。

「や、やっぱり、無理です。やめてください。私の味覚なんかで老舗和菓子屋の後継者が決まるなんて……そんな責任重大なこと、できません。それならせめて千絵さんとか、ちゃんと和菓子の味をわかってる人にしてください！」

「なに言ってはるんですか。千絵さんは兄貴のヨメやねんで？　そんなん絶対嫌や。それやったら素人の松川さんの方が全然マシや」

和真がきっぱりと言う。

「でも」

「まあ、いいじゃないか。とりあえずやってみて、結果、納得がいかなかったら、あらためて堀川さんに電話したらいいだろ」

ずっと黙っていた常盤がようやく口を出す。そして例の青い発泡スチロール箱を座卓に置いた。不安な表情の利美を見おろし、ニッコリと笑う。

「悩むならやれ、というのが俺の信条だ。このまま って訳にもいかないし、とにかく和三盆を三等分することから始めよう。……箱を開けるぞ」

言いながら問答無用でガムテープをべりべりとめくる。全員が、常盤の開ける青い箱に注目した。

利美もドキドキした。中身は和三盆なのだからそんなに興奮する必要もないのに、今の今までずっと守ってきたからか、妙に感慨深い。

厳重にぐるぐる巻きにされていたガムテープをすべて剝ぎ取り、くるくると丸める。そして常盤はぱかりと発泡スチロール箱のフタを開けた。

「――え?」

最初に声をあげたのは誰だろう。利美にはわからなかった。

いや、そんなことを考えるどころではなかったのだ。なぜなら……。

「これ、和三盆やないよ」

ぽつりと真琴が呟く。利美にさえわかった。

乾燥剤と梱包材に包まれたそれは、透明な袋に入った白い粉だった。常盤も神妙な顔をし、ゆっくりと取り出して不審げに言う。

「和三盆って、もっとこう……色があるよな」

「ええ。これはまっ白です」

「親父、まちごうて普通の砂糖送ってきたんか？」

常盤の言葉に答える覚真と、呆れた声を出す和真。常盤はつぶさに粉を観察し「いや」と首を振る。

「砂糖でもないですね。あ、でも、グラニュー糖に近い気がします」

「グラニュー糖？　ちょお見せてみ」

和真が手を差し出す。素直に常盤が袋を渡すと、彼もまた真剣な表情で観察した。

「いや、これはグラニュー糖ともちがうわ。どっちかというと精製塩に近いんとちゃうか。……でも塩っていう気もせえへんな。なんやろ、これ」

ふうむ、と和真が腕を組む。俺も見たい、と覚真も手に取った。

「……薬やないか、これは」

「薬？」

「粉薬に似ている。粒子の大きさとか……この、自然物じゃないような均一な形が、化学品という感じがする。それに、こんなメモが」

覚真が袋の裏側に張りついていた小さなメモ用紙を剝がした。みんなで覗きこむと、そこには走り書きで、コメントが記されている。

「V・五〇ミリグラム……、L、またはC・二〇ミリグラム……？　なんやねん、これ」

「あ、うち、これと似たようなもん、テレビで見たことがあるで」

「テレビ？」

真琴の言葉に、千絵が頷く。

「なんやニュースで、危ない人たちが捕まったとき、警察が押収したとかで……」

「警察⁉」

居間にいた全員が声をあげた。しかしそんな中、利美と常盤はハッとして互いに顔を見あわせる。

――まさか。

「ああっ！　ちょっとすいません。えっとこれ、まちがえました」

「……はい？」

「俺の私物なんですよ。似たような箱だったんで、まちがえて持ってきてしまいました。馬鹿だなー俺、ははは。ちょっとホテルに戻って取り替えてくるので、しばらく待ってもらえませんか？」

「私物。これが？　……いや、こんなことは言いたくないですが、この妙な粉はなんです？まさか」

「いやいやいや！　やだなあ、変なものじゃないです。ビ、ビタミン。ビタミン剤なんです。俺、ビタミンが欠乏してて、医者に処方してもらってるんです」

必死にごまかす常盤に、利美もピンとくるものがあった。慌てて彼に助力する。

「そうなんです。常盤さん、実はすごくヘビースモーカーで。お医者さんにいつも怒られているんです」

「そうそう！　よく知ってるな、松川」

あっはっは、と笑いあうふたりの前に、花華堂の面々は互いに顔を合わせる。そのどれもが戸惑いの表情であったが、コホンと場を取りなすように党真が咳払いをした。

「煙草の吸いすぎはいけませんね。……わかりました。ですが私達も、そろそろ店を開けなければなりません。お手数をかけて申し訳ないですが、和三盆は各店に直接届けていただけますか？」

「わかりました。こちらで三つに分けてそれぞれお渡しします。和真さんや真琴さんもそれで問題ないですか？」

調子を取り戻した常盤が聞くと、ふたりは一様に頷く。

「じゃあ、お砂糖もろたらお待ちかねの勝負開始やな。お披露目はまあ、閉店後になるやろうけど。松川さんはそれでかまへんか？」

「はい、大丈夫です」

本当は審査員なんてしたくなかったが、今はそれどころではなかった。とにかく、この粉を持ってここを出なければならない。その一心で利美は精一杯の愛想笑いを浮かべて大きく頷いた。

「焦った……」

結局ふたりは、またも箱を持ったまま外に出て、駐車場へ向かった。

「私も寿命が縮みました……。おそらく、いやまちがいなく、あの黒スーツの人達は、これが狙いだったんですね」

ようやく謎がひとつ解けた。しかしそこで、新たな謎が浮かびあがる。

堀川の言う和三盆はどこにあるのか。そして、なぜ和三盆が謎の粉と変わっているのか。まるでタネのない手品を見せられたかのようだ。途方に暮れ、利美は手の中の青い発泡スチロール箱を見おろす。常盤が「ふうむ」と唸り、腕を組んだ。

「どこかですりかえられたのは確かだ。問題はそのタイミングだな」

「すりかえたって……誰かが意図的に、ですか？」

「うーん。そう考えると話が複雑になりそうだな。もっと単純に考えよう。すり替えがまったくの無意識だったとしたら？」

「無意識……事故ということですか。偶然、これと同じ箱が近くにあった、とか？」

だから男達は強引な手を使って奪おうとした。つまり、彼らは箱の中身がちがうことを知っていたのだ。利美達が持つ箱が自分たちの荷物だとわかっていたから、取り返そうと襲いかかった。

「もしかして、私が……？」

ぽつり、と呟く。

――そうだ、きっとあのとき。

病院で堀川から箱を受け取ったあと、常盤が目黒に電話をかけた。そのとき、利美はロビーの椅子に座って待っていたが、ぼうっと、物思いにふけっていた気がする。箱を横に置いて。

　やがて電話を終えた常盤がやってきて、利美はそばにあった箱を取った。

「病院のロビーに似た箱があって、そこで入れ替わったのかも」

　突然男が、強引な引ったくりをしてきたのは、病院を出た直後だ。そう考えると辻褄があう。あの男達に狙われたのは。なし崩し的に京都までくるはめに陥ったのは。……すべて利美のせいなのだ。

　思わずその場にうずくまり、頭を抱えて落ちこむ利美に「松川」と常盤が声をかける。

利美は肩を落としたままゆっくりと振り向いた。

「すみません。私がボンヤリしていたから、こんな事態になってしまったんです」

「驚いたな。ロビーにふたつ、同じ箱があったってことか。しかし、そんな偶然ってあるか？」

「どうしよう……堀川さんの大事な預かり物だったのに」

「落ちつけよ。こういうときは自分を責めるな。どうしても責めたいならあとにしろ。今はやれることをやれ」

　きっぱりと言う常盤に、ようやく利美の頭がはっきりとする。

　そうだ。今は自分を責めている場合ではない。この現状をどうにかしなければ。

「可能性として病院に置き去りにされているか、奴らが俺達の荷物を持っているか、だな。

その辺に捨てていなければ」

「……捨てていたら」

「正直に堀川さんに事情を説明するしかない。とりあえず、俺は病院に電話してみる」

淡々と言う常盤に、力なく頭を垂れる。心がきしんだ。堀川は自分を信用して大切な荷物を預けてくれたのに、その信用を裏切ってしまったのだ。もう合わせる顔がない。添乗員の頃に、謝罪で回ったときと同じくらい、いや、ある意味それ以上の辛さを感じた。

常盤が病院に問いあわせると、しばらくして首を横に振りながら電話を切る。

「落とし物はなかったそうだ」

ふたたび落ちこみそうになってしまった利美を、常盤が「こらこら」とたしなめる。

「そう後ろ向きになるな。まだ、望みはある。荷物は無事かもしれないんだぞ」

「そんな簡単に、楽観的にはなれないですよ」

「じゃあこう考えろ。所詮はサンプル品だ。和三盆の精製所がなくなったわけではない。その商品をつくっている以上、また取りよせることはできる」

利美の肩を摑み、常盤が言いふくめるように言う。目はしっかりと、彼女の目を見つめていた。

「でも、そうなったら、党真さん達にどう説明したらいいのか……」

「べつに一から十まで説明する必要はない。湿気が入ってだめになってしまったとか、中身が破れていたとか、いくらでも言いようはあるだろ」

「それって、嘘つけってことですか？」

「じゃあ、松川はすべてを説明できるのか？」

強い視線で常盤が問いただす。利美はおもわず黙ってしまった。起こったことを正直に説明すれば嘘はつかなくてすむが、彼らの信用は一気になくなるだろう。堀川との縁も、切れてしまうかもしれない。

怯えた顔をする彼女に、常盤はニッと人の悪い笑みを浮かべた。

「物は言いようだ。堀川の兄弟にとっていちばん重要なことは〝誰が後継者になるのか〟だ。和三盆はそれを決める方法にすぎない。つまり、彼らは俺達の事情なんてなーんも興味ねえんだよ。そこにわざわざ、自分から燃料ぶっかける必要ないだろ。松川はもうちょっと世渡り上手になれ」

利美は目を丸くする。

「常盤さんって、すごくずるい人ですね、さすが元不良……」

「大人になるってのは、ずるくなるってことなんだよなー」

「達観したようなことを言ってごまかさないでください。まったく」

はあ、とため息をつく。なんだか落ちこんでいるのが馬鹿らしくなってきた。そう、常盤の言うとおり、まちがえた荷物は〝彼ら〟のもとで無事である可能性もあるのだ。それなら、まだ希望はある。

利美の表情を見て、常盤は「ようやく調子が戻ってきたな」とニッコリ微笑む。

「さて、考えるぞ。ずっと謎の存在だった黒スーツのヤツら。俺の勝手な想像ではろくでもねー職業の方っぽいが、肉体言語しか通じないヤツではないと見た」

「肉体言語？」

「殴り合いってことだな」

はあ、となんとも言えない返事をする。つまり話し合いの余地があると、彼は言いたいのだろうか。

「最初こそわりと過激なことをしてたけど、サービスエリアで会ったときはそこまでじゃなかっただろ。京都で走りまわったときも、周りを混乱させるほどのことはしなかった。あいつらは、その荷物を取り戻したくて必死になってるが、本当は大事《おおごと》にしたくないんだ」

「なるほど」

「そしてひとつ不可解なことがある。なぜ俺達の場所がわかったか、だ。……そこで」

すたすたと常盤が歩きだし、利美も大人しくついていく。やがて昨日から停めっ放しになっていた車に戻り、トランクへと回る。

「最初に俺の車にちょっかいをかけられたとき、あいつらはここまで近づいてきた」

そして、ひょい、とアスファルトに這いつくばり、地面から車を見あげる。彼の様子に利美が首を傾げていると、起きあがった常盤が利美に声をかける。

「松川も探してくれ。たぶん、この車にはヤツらの発信機が取りつけられているはずだ」

「ええっ、発信機ですか!?」

「そうとしか考えられない。あいつらと海老名サービスエリアで鉢あわせしたときから、おかしいって思っていたんだ」

常盤がトランクの周りをくまなく探している。慌てて利美もしゃがみこんで観察し、車を調べた。

やがて常盤が「あった！」と声をあげる。そしてトランクの取っ手の裏側から、黒く小さい、ボタン型電池のようなものを取りだす。

「ほら。はじめから、あいつらはこれを取りつけていたんだ。俺達が逃げても追走できるようにな」

あの男達は、こんなにも用意周到だったのか。

「もし昨晩、この箱を花華堂に押しつけていたら、ヤツらはまちがいなく店に行っただろう。でも松川は箱を持ったまま外に出てきて、そこで男達と会った。だから俺達が狙われるだけで済んだんだ」

利美はぞっとする。一歩まちがえていたら、花華堂の人達がとてもおそろしい目に遭ったかもしれないのだ。それも、自分のミスで。

「じゃあ、どうするんですか？　い、今も、どこからか、私達を見ているんですか？」

「近くにいるかはわからないが、車の場所はわかっているだろう。――今、俺達は交渉のカードとして、この箱を持っている。つまり話し合いに持ちこめる可能性がある。ここが勝負どころだな」

ニヤ、と楽しそうに笑う常盤は、発信機をポケットに突っこんだ。そして運転席に乗りこむ。利美も慌てて助手席に座る。

こんな事態にもかかわらず、なぜ彼は笑っていられるのだろう。まるでトラブルを楽しんでいるようだ。

利美は内心ため息をつく。そのふてぶてしさが自分にもほしい。ほんの少しでいいから。

「さて松川。考えてもらうぞ」

「え、私ですか？　でも、なにも思いつかないんですけど」

「べつに取り返す方法を考えろって言ってる訳じゃねえよ。人の数が少ない観光地はどこか、考えてほしいんだ」

利美は「えっ」と聞き返す。人の少ない観光地？　なぜ、〝観光地〟でなければならないのだろうか。

彼女の疑問を感じとり、常盤は車のエンジンをかけながら説明する。

「そばで聞き耳立てられない程度には人気《ひとけ》のない所がいい。でも、人の目が完全にない所も危険なんだ。人の数が少ないものの、ちょっと逃げたらすぐに助けが呼べるような所がいい。その条件さえ整っているのなら、べつに観光地でなくてもいいぞ」

常盤はなにかを企んでいるらしい。それならと、利美は自分の記憶を辿る。落ちついて話し合いができそうな場所といえば、公園や境内など、少し開けた所がいいだろう。ある程度人の目から隠れることができて、少し行けばたくさん人がいるような所……。

「あ、ひとつ、思いつきました」

「よし。どこだ？」

「途中から道案内します。とりあえずは嵐山に向かってください」

嵐山？と常盤が片眉をあげた。京都の嵐山といえば、外国人も多い市内有数の観光地だからだ。

疑問の目を向ける常盤に、利美は大丈夫ですと言わんばかりに大きく頷く。彼女の瞳を見て常盤は軽く頷くと、カーナビで目的地を嵐山に設定した。そして、ゆるやかに運転を始める。

きっと、自分たちを監視している黒スーツの彼らもついてきているはずだ。どこか緊張をはらんだ面持ちで、利美はフロントガラスから千年の都を見つめる。

「今回は忙しくてそれどころじゃないですけど、次、京都に来るときは……いろいろな所を、常盤さんに紹介したいですね」

「へ？」

「魅力的なツアープランを組む人だなあと前から思っていましたが、常盤さんって、新しいものには詳しいけど、古いものにはそんなに詳しくない気がして。神社仏閣をめぐるプランを挟むときは、いつも有名所ばかりでしたから」

営業の仕事をしているとき、常盤のつくったパッケージツアーの詳細を見てなんとなく思っていた。目新しいものを取り入れた魅力的なツアーが多く、逆に言えば古いものには興味がないのかな、と。

どちらかといえば新しいものより古いものが好きな利美は、常盤に顔を向けて微笑む。

彼は、そんな利美の表情をチラリと見て、わずかに目を丸くした。

「京都に限らず、有名じゃなくても、歴史の風を感じる素敵な所はいっぱいあります。その辺りを補うことができたら、常盤さんは、もっと素敵なプランニングができると思うんです」

「……松川」

常盤に名前を呼ばれ、ハッとして利美は「すみません！」と謝った。

「なんだかすごく偉そうなこと言ってしまいましたね。ごめんなさい、今のナシで」

「いや、べつにナシにしなくてもいいけど。んー、というか、まあ」

ぽりぽり、と頬を掻く。

「松川はまた、そのうち俺と京都に行くつもりなのかー……って」

「え？」

「あ、なんでもない。いや、俺もまだまだ勉強不足なところはあるからな。足りない部分を教えてくれるのはありがたい。そういうことを言ってくれる人は今までいなかったから、ちょっと嬉しかった」

前を向きながら目を細めて笑う。その笑顔に、利美はかあっと顔が赤くなった。

ひとりうろたえる利美に、次は常盤がくっくっとこらえるように笑いだす。四条通の赤信号で止まって、彼は利美を見た。

「なんにしても調子が戻ってくれてよかったよ。大丈夫、きっとうまくいくさ。この件も、そして俺達の仕事も。そうしなければならない」

「——そうですね」

深く頷く。そう、やるべきは「どうしよう」と悩むことではない。すべてがうまくいくようにできる限りの努力を重ねることなのだ。それが結局、自分たちの仕事に繋がるのだから。


四条から三十分ほど車を走らせる。京都は盆地なので、どこを見ても大体は山が連なっている。大通りをまっすぐに進んでいくと、昨日乗った路面電車と鉢あわせした。

路面電車と乗用車が並んで、普通に道路を走っている姿はどこか異質だ。古きものと新しきものが合わさる風景だが、違和感はなく、そこには調和がある。

新しいものも上手に取り入れるが、大切にしなければならない過去の遺産は守る。

「私、やっぱり京都って好きです」

しばらく車は路面電車の後ろについて走り、やがて線路は大通りから逸れていく。

「まあ、いい街だよな」

運転をしながら、常盤は静かに同意する。

「千年の都と呼ばれるほど長い歴史を持っていますが、それだけに、地下鉄の工事は遅々として進まなかったという逸話があるそうですよ」

「ははっ、たしかに。掘ったらすぐに遺跡や遺物が出てきそうだもんな」

常盤が楽しそうに笑う。利美も少し気を緩め、街並みを眺めた。

「それもそうなんですが、もうひとつおもしろい話があるんです。京都って、科学的な地層の研究も進んでいて、どうやらこのあたりには、琵琶湖に匹敵する巨大な地底湖があるそうです。だけど不思議なのは、大昔の文献にも地底湖のことを匂わせる伝承があるってことです。過去の人は知る由もなかったはずなのに」

「へえ」

それは二条城のそばにある神泉苑《しんせんえん》と、祇園四条にある八坂《やさか》神社、そして京都駅近くにある東寺の地下が、龍穴で繋がっているという伝説だ。つまり、京都の地下には龍神が棲《す》んでいた。昔の人間にとって、飲み水は大切な宝だった。それこそ、神様と崇めるほどに。龍神の伝説は、巨大な地底湖を示していたのではないかという見解が、一説にはあるのだ。

「伏見には『伏水《ふしみず》』と呼ばれる湧き水があって、その地底湖からのものとも言われています。だから水の質がよくて、お酒もおいしいんですって」

利美が龍神の伝説にちなんで酒の話題を出すと、常盤は「へえ～」と興味を持ったようにさらに頷いた。

「いいね、実に京都らしい。龍神の流れを汲む日本酒なんて、情緒たっぷりじゃないか」

「ふふ、京都のお豆腐がおいしいのも、この水の話が関係するのかもしれませんね」

実際には単なる言い伝えで、地底湖とは関係ないのかもしれない。でもやはり、利美にはこういう伝説ひとつを取っても、京都の奥深さを見る思いがするのだ。

世間話をしながら、車はまっすぐに四条通を進む。しばらくすると目の前に大きな川が見えてきた。

京都の西側を走る桂川《かつらがわ》。それはやがて三本の川を連ねて淀川となり、大阪へと向かっていく。

やがて、左側の遊歩道に松の木が並びはじめ、修学旅行生やパッケージツアー客の定番と言える、嵐山の景色が目の前に飛びこんできた。

渡月橋《とげつきょう》の向こうには四季の自然美を雅に彩る小高い山、岩田山《いわたやま》があり、その黄金比とも言える高低差の美と遠近法による景色の迫力が、多くの絵葉書やポストカードの題材となってきた。

「やっぱり嵐山と言えば、ここですよね」

「もう行きすぎて飽きたっていう意見が多いから、最近はプラン組むとき、逆に避けてしまうんだよな。車も多いし、いつも混んでるイメージが強くて」

たしかに、ここにきて急に道が混みだした。週末ということもあって、歩道をゾロゾロと観光客も歩いている。

「でも、見所がたくさんあるから避けるのはもったいないですよ。この辺りはたしかに人酔いしそうになりますけど、少し奥に入ると実に味わい深い街なんです」

「そうですね……有名な竹林の道があるでしょう？　源氏物語にゆかりのある野宮《ののみや》神社を通ってさらに北へ進むと、常寂光寺《じょうじゃっこうじ》というお寺があります」

指で宙に漢字を描いて説明する。ついでに「あ、そこ右に曲がってください」と指示をした。

「へえ、聞いたことないな。なんか寂しそうな寺って感じがするが……」

「漢字の雰囲気ですよね」

ふふっと利美が笑う。

「でもポイントはそこではないんです。普通のお寺って塀に囲まれてるイメージがありますよね？　だけどその竹林に囲まれた寺には、敷地を示す外堀などがありません。自然美に包まれた、とても開放的なお寺なんですよ」

工芸品の並ぶたくさんの土産屋を通り過ぎ、やがて観光地の雰囲気から一変して住宅地へと入っていく。観光が目当ての人間はどんどん少なくなり、逆にスーパーへ向かう主婦らしき人や学生など、この街に住む人々の姿が多く見られた。

「そこはまるで、大きな日本庭園の中にいるような気分になります。それも外から眺めるのではなく、内側から庭の美しさを間近で見ることができるんです。苔生《む》した林に、美しい紅葉《もみじ》のトンネル。石畳の道。一見それは自然に任せているように見えて、実は完璧に管理された、人の手が入った庭……」

「ほう、たとえば？」

目を閉じれば、写真がまぶたの裏にはりついたように、その情景を思い出すことができる。四季折々の美しさを見せるその寺に、利美が初めて訪れたのは夏の季節だった。世間から切り離された静寂と、包容力のある自然美。

京都独特のうだるような蒸し暑さの中、ほのかな風に揺れてさやさやと音立てる竹林が利美の心と体に涼しさを運んだ。

「心が洗われ、不思議と落ちついていく。そんな寺の境内を進んでいくと嵐山の景色が一望できる展望台があって、そこが穴場なんですよ」

ありし日に見た思い出を噛みしめて話す。

「もしかして、そこへ行くのか？」

「いえ、ちがうんですが、いろいろ思い出してしまって……」

「嵐山にも隠れた名所があるんだな。俺も行ってみたいよ」

「あ、ちなみに、おいしい『櫻もち』の茶店もあるんですよ。『琴きき茶屋』っていう」

「へえ〜、桜餅か。いいなあ」

「はい。桜餅って、関西と関東でちがいがあるの知ってます？　関東は薄生地にあんを巻いたもの、関西は道明寺粉を蒸して、中にあんが入っているんです。でも、琴きき茶屋ではあんなしの『櫻もち』が楽しめるんですよ」

「あんのない桜餅なんて、俺、食べたことないかも」

知識を披露するのが楽しい。自分の話に興味を持ってもらえるのが嬉しい。

……旅って楽しいと思ってもらえるのが、たとえようもなく、幸せだ。

知らず知らずのうちに、笑顔になっていた。常盤は彼女の表情を横目で見て、ふっと微笑む。

「無添加、無着色だから『道明寺もち』がまっ白なんです！　塩漬けにした二枚の桜の葉で挟んであって、桜の香りとあっさりした甘みを感じる、とても上品な『櫻もち』なんですよ」

うっとりと過去の味を思い出す。

「俺も食べてみたいなあ。というか、久しぶりに嵐山観光がしたくなってきた」

「それでしたらぜひ、『中村屋』のコロッケもどうぞ。精肉店ですが、その場でコロッケを揚げてくれるんです。甘くてほくほくしたじゃがいもとお肉の旨味、カリッとした衣が絶妙で、甘味のあとの食べ歩きは最高ですよ」

「あっ、それは食べたい。むしろ今食いてえ」

「お腹が満たされたら、京福電鉄の嵐山駅構内にある足湯にも浸かりたいところです。旅の疲れが一気に吹きとびますよ！」

ついテンションがあげて声をあげたとき、利美は我に返った。

「す、すみません。こんな事態なのに私、呑気に……。それどころじゃないのに」

「いや？　そりゃあこんな観光地まっただ中に入っちまったら、元添乗員の血が騒ぐだろ。説明したい病というか、俺も松川の話は楽しかったぞ」

「でも、大変なときなのに……」

するると常盤が軽く笑った。そして利美に、茶目っ気のあるつり目で軽く視線を寄越してくる。

「焦ったところで状況がよくなるわけじゃない。楽しく会話して状況が悪くなるわけじゃない。――それなら自分らしくいこう。それがきっと、いちばんうまくいく」

「そうですかね……」

「そうさ。結果うまくいかなかったとしたら、それは最初からそういう結末が用意されてたってことだ。なら、次に進めるだろ。これがだめだったからといってすべてが終わるわけじゃない。別の方法を見つけて、次はそれをやればいい」

な、と言われて利美はぽかんと常盤を見た。

「常盤さんは落ちこんだりしないんですか？　仕事で失敗してへこんだりとか、したことないんですか？」

「まさか。いっぱい失敗したぞ。取引先に土下座もしたことあるし」

「土下座!?　そ、そんなことをしてきたとは思えません。どうしてそんなに明るくいられるんですか？」

「うーん。まあイヤなことはあるけど、俺の場合、大概は酒飲んで寝ると切り替えられるからなあ」

はっはっは、と笑われる。

「お酒か……。私もお酒、もっといろいろ飲んでみようかな。あと、常盤さんは煙草も吸うんですよね。目黒さんも煙草スパスパ吸ってるし、私も……」

「それはだめだ」

「な、なんでですか？」

てっきり「いいんじゃないか」と軽く返されると思っていたのに、意外と強い口調で止められて驚く。常盤はハンドルを握りながら、決まり悪げに頭を軽く掻いた。

「い、いや……その、自主的に煙草が好きならいいんだけど、人が吸ってるの見て、真似して吸うのはよくない、と思う。その、健康にもよくないし」

「たしかにそうですけど」

「……っていうか、よく俺が煙草吸うってわかったな。花華堂で口添えしてきたときは地味に驚いたぞ。助かったけど」

常盤が慌てたように話を変える。彼はずっと利美の前で煙草を吸わなかった。彼なりに気を遣っていたということだ。もしかすると本当は隠しておきたかったのかもしれない。

「ときどきポケットに手を突っこんで、なにか探ってましたよね。すぐにやめてましたけど。添乗員をしていた頃、お客さんで煙草を吸う人をよく見かけていたので、わかりました。あと、この車もちょっとだけ煙草の匂いがしてましたから」

「マジか……。松川と組むって話聞いたあと、消臭スプレーかけまくったのにな……。まあ、煙草は個人的に反対だが、酒ならいいんじゃないか？」

今だって軽くなら飲めるんだし、とすすめてくる。どうせ旅をするなら各所の地酒や地ビールを飲んでみるのもいいかもしれない。

「俺も酒ならそれなりに詳しいから、教えてやるよ」

「本当ですか？　ありがとうございます。じゃあそのうち……」

自然と常盤の誘いを受けていて、利美ははたと気づく。

――私……。いつの間にか、仕事を続けることが前提になっている。

利美はうつむき、そっと胸に手を当てる。本当にいつの間にだろう。そう意識してみると、利美の心の底にあった黒い澱《おり》のようなわだかまりはすっかり消えていた。

まだ、心に傷は残っている。けれどきちんと絆創膏《ばんそうこう》を貼って、痛くないように処置されている。やがてかさぶたになって、あとには傷跡くらいしか残らなくなるだろう。

……目黒が言ったきっかけは、本当に些細なものだった。それこそ、どれが〝きっかけ〟かわからないほどに。

「ここです。止めてください、常盤さん」

道案内がようやく終わった。常盤はゆっくりと車を小さなコインパーキングに停める。

ここが、勝負どころだ。でも、うまくいかなくてもなんとかなる。……なんとかしてみせる。

利美はその手に青い発泡スチロールの箱をさげ、前を歩く。危険だから常盤が持つと言いだしたのだが、自分が持った方が向こうも油断すると思ったので、自ら持ち役を買って出た。

利美のやや後ろに立ち、守るように歩く常盤が、尋ねてきた。

「どこに向かっているんだ？」

「鹿王院《ろくおういん》です。室町時代より歴史を刻む寺院ですが、住宅地の中にあるからか、有名観光地ほど参拝客は多くないんです。落ちついた雰囲気が素敵な、隠れた名所なんですよ」

「へえ、それはいい場所を選んでくれたな」

住宅地の小路を歩くと、細い丁字路に差しかかる。予想どおり、ちらほらと歩いている人も見受けられる。そこを左に曲がれば、目的の寺院が見えてくるだろう。

かつ、かつ。アスファルトを歩くふたつの足音。ふいに、その足音が複数に増えた。

かつ、かつ、コツ、コツ。

後ろだ。そしてひとりではない。利美と常盤は横目で目配せをする。

……狙い通り、男達は利美達をつけてきたのだ。

鹿王院まで行く時間はない。急に緊張が走り、心臓が口から飛び出てきそうになる。

利美が青い箱の持ち手をギュッと握りしめる。手汗をかき、自分の息遣いも不規則になっていく。

――唐突に空気が動いた。後ろの足音が速くなる。逃げろ、と本能が脳に命令してくる。

そのとき、常盤がグイッと強く利美の腕を摑んだ。そのまま勢いよく引っぱられる。

すると、利美がいた所に黒スーツの男がいた。彼は後ろから襲い掛かり、その大きな両手を空振りさせていた。

「ここじゃだめだ。松川、走れ！」

常盤が舌打ちをして、利美の腕を摑む。ふたりは丁字路を曲がらず、まっすぐ前に向かって走った。

ほどなく京福電車が走る踏切と、地元の商店街が見えてくる。常盤は利美の腕を摑んだまま広い駐車場に入ると、勢いよく振り向いた。

「話をしよう」

常盤が落ちついた声で言う。

男達は立ち止まり、利美は内心ホッとする。

こうして対峙してあらためて見ると、男達は、黒ずくめでやっぱり異様な雰囲気だ。

「俺達のミスでこんな所までこさせてしまって申し訳ない。ようやく荷物がちがうと気づいた。俺達は、これをあなた達に返すつもりだ。それで許してもらえないか」

サングラスに黒スーツの体格がいい男と、細身の男ふたりは顔を見あわせる。

やがて、細身の方が口を開く。

「お前達は何者だ？　あの箱の中を確認したのか？」

「俺達は和菓子屋に頼まれて砂糖を届けにいこうとしていたんだ。箱を開けたが中の袋は開けていない」

「……なるほど。対抗組織の者ではないんだな？」

「なんの話だ？　俺達は旅行会社に勤めているし、今はプライベートだ」

「旅行会社あ？」

男達は拍子抜けしたような顔になる。

思ったよりも隠やかなやり取りに利美は安堵する。しかし、問題はここからだ。

「すまないが、ひとつこちらからも確認させてほしい。俺達の荷物は、あるだろうか。同じような、青い発泡スチロール箱だ」

細身の男が隣をチラリと見る。体格のいい男が頷くのを見てふたたび彼は、こちらを向いた。

「トランクに突っこんである」

「では、それと交換でお願いできないだろうか。俺達もそれが必要なんだ」

「わかった。少し待て」

体格のいい男が急いで走っていく。

……いったいこの男達は何者なんだろう。利美は気になって仕方がない。

すると手持ち無沙汰だったのか、細身の男が話しかけてきた。

「――箱の中身。こちらも確認したが、あれは……ただの砂糖か？」

「そうだ。貴重な和三盆らしい」

「ということは、俺達の〝荷物〟を使って菓子をつくろうとしたということか？」

「……まあ、そういうことになるな。さすがに見た目が全然ちがうんで、まちがいに気づいたが」

細身の男が小さくため息をつく。心から安堵したように見えた。

「気づいてよかった。大変なことになる前に」

「……聞くのも野暮かもしれないが、アレはなんだ？　犯罪に関わる物じゃないだろうな」

しかめっ面で常盤が聞く。物騒な単語に、利美の背中が粟立つ。

すると男は少し驚いたように「ああ」と声をあげた。

「そういった類のもんじゃねえよ。ただ、俺のおやっさんにとって重要なモノだったから、なんとしても取り戻したかったんだ。なんつうか、あの人もトシなんでな。ある程度は薬に頼らなきゃならん。ヤル気が旺盛でも、体がついていかないからな」

「はあ!?」

常盤がごはっと咳をして、声をあげた。

「なんだよ、心配してめちゃくちゃ損した。つまりあれか、あんたらの親分が快適に夜を過ごすための必需品だったってことか？」

「そういうことだ。ちょうど病院で薬を受け取ったところだったんだ」

利美は話が見えず常盤を見るが、無視された。

「……じゃあなんで、あんな手荒なマネをしてきたんだ？」

「悪いな、こっちも必死だったんだ。お前らが対抗組織の差し金なのかと思って……。愛妻家のおやっさんが隠れて薬飲んでるなんて、情けねえ話が外に漏れてみろ。うちのメンツは丸つぶれだ。俺達も叱られるどころじゃすまされないんだよ。だから一刻も早く取り戻そうとして……」

「なんだよそれ……ったく」

常盤がげんなりとため息をつく。

そのとき、大柄の男が青い発泡スチロール箱を持って戻ってきた。

無事に交換をすませる。ようやく自分の手に、堀川からの大切な預かり物が戻った。嬉しくて涙が出そうで、利美は心の底から安心する。

しかし、ふたつの箱は見れば見るほどそっくりだった。おそらく同じメーカーでつくられた既製品なのだろう。

人影はなく、しんと静まる駐車場で、なんとなく向きあったままの四人。

なにか言うべきだろうかと利美は迷った。そして、厳つい男にぺこりと頭をさげる。

「その、足払い……して、すみませんでした」

男は驚いたようだった。サングラス姿のまま固まると、やがて軽く首を振る。

「いや、俺達も取り返すのに必死で、女性相手に乱暴を働いてすまなかった」

「では、我々はこれで。――ああ、車、悪かったな。思いっきり、へこんでたな、アレ」

細身の男も常盤に、思い出したように謝ってくる。常盤はひらひらと手を振った。

「まったくだよ。本当にあれは……。まあ、俺も蹴り入れたりしてすまんかった」

「お互いさまだ。ではな」

すたすたと男達が去っていく。終わりはひどくあっけなかった。

「なんか、思ってたより話のわかる人達でしたね。ちゃんと、和三盆も返してくれましたし。もっと早くこうすればよかった」

「まあ、彼らにとっては、なんの役にも立たないからな。捨てていなかったのが救いだった」

常盤も安心したように笑って、駐車場の出口に向かっていく。後ろをついて歩きながら、利美はじっと常盤の背中を見つめた。

「……ときに常盤さん」

「なんだよ」

「あの人達の〝荷物〟って、結局、中身はなんだったんですか？」

「ノーコメント」

「睡眠薬ですか？」

「ノーコメント！」

すたすたと歩いていく。知らないなら知らないままでいいと、彼の背中が言っていた。

おもわず利美はムッとして、彼の背中のシャツをくいくい引っぱってしまう。

「常盤さん。ところで親分ってなんですか？　なんでそんなこと、わかったんですか？　もしかして常盤さん、不良だったとか言ってましたけど、まさか」

「ちがう！　俺はマジで一般人だから。そっちには絶対、足を踏み入れなかったから！」

「必死に否定しているところが、逆に怪しいんですけど……」

「本当だって。世間から後ろ指さされるようなことは一切してない。ちょっとやんちゃしてただけだよ！」

前を向きながら弁明する常盤に、はあ、と呆れたようにため息をついた。

「本当に？　お天道様のもとを堂々と歩ける人なんですよね？」

「うん。なにも後ろ暗いことなんかしてない。……してない。……たぶん」

「たぶん⁉」

利美が声をあげると、常盤が「勘弁してくれ！」と叫んでコインパーキングに向かって走っていく。利美も早足で彼を追いかけた。


ふたりはその足で、取り戻した和三盆を持って覚真のいる馴染みのある方の花華堂へ行き、そこで三等分させてもらった。

そしてひとつを覚真に渡し、そのあと大通りを挟んで反対側にあるもうひとつの花華堂へ向かう。こちらは古民家風のモダンな建物で、ウッドデッキにはテラス席も用意されている。まさにイマドキのお洒落な『和スイーツカフェ』だった。

和真と真琴へ残りの和三盆を渡して車に戻ると、すでに十三時を過ぎていた。お腹が空いたので、そのまま利美の案内である店にやってきた。

「ここです。きんし丼で有名な『京極かねよ』です」

ビルだらけの街並みの中に佇む、圧倒的な存在感の木造の建物。赤い提灯と、右から『日本一の鰻』と書かれた看板が印象的な、歴史を感じさせる店構えを常盤がおもしろそうに眺める。

「きんし丼ってなんだ？　それが看板メニューなのか？」

「そうですね。かねよは鰻《うなぎ》料理を出してくれるお店なんです。もちろん、一〇〇年間注ぎたしつづけている門外不出のタレで焼く『うなぎ丼』もおいしいんですけど、ここはぜひ、大きな玉子焼きがのった『きんし丼』を食べていただきたいです」

話しながら、利美が先導して店に入る。のれんをくぐると、二階へと続く階段の赤い蹴《け》上《あげ》が目に飛びこんでくる。その脇では、白黒の招き猫が客を迎えている。

「雰囲気のある店だなあ。どこか懐かしい空気だ」

「大正末期からあるお店だそうですよ。でも敷居が高いわけではなくて、とても庶民的で入りやすいんです」

ふたり揃って案内された二階の座敷に座り、きんし丼をふたつ注文する。

しばらく待っていると、きんし丼が運ばれてきた。常盤が目の前に置かれたそれを見て、楽しそうに目を丸くする。

「玉子焼きがでかい！」

「でしょう？　きんし、って書かれてるけれど、ちらし寿司にかかっているような細切り玉子じゃなくて、京風の厚焼き玉子がのっているんです。そして……」

利美は目をきらきらさせ、その黄金に輝く玉子焼きを箸でそっとめくる。

「おっ、玉子焼きの下に鰻が入っているんだな」

「そうなんです。玉子焼きの中から鰻が顔を出した瞬間に、すごく嬉しくなりませんか？　まるでプレゼントの包装を解いた瞬間みたいに」

さっそく「いただきます」と一礼し、利美はさっくりと玉子焼きに箸を入れた。

焼きたての玉子焼きは、ほわりとした湯気と共に出汁のまろやかな香りがする。利美は幸せのため息をついた。

気づけば、常盤がくすくす笑っている。

「松川の例え話はわかりやすいけど、かわいいなあ」

「えっ!?　……もう、常盤さん、かわいいという表現は女性に対して、あまり多用しない方がいいって言いましたよね!?」

顔を赤らめながらクギを刺す。女性に勘ちがいされたくなければ、男性はむやみに気を持たせるような発言をすべきではない。

少しムスッとした顔をして、利美がぱくっと玉子を食べる。すると途端に、その表情はとろけるような恍惚《こうこつ》のものに変わった。

「ああ、上品な出汁の風味……！　ふかふかの玉子焼きですね」

「なるほど、これは出汁巻き玉子なんだな。さて、俺も」

ご飯と一緒に鰻をすくい、常盤が豪快に頬張る。「うまい！」と満面の笑みで頷いた。

「あー、幸せだ。すっげえ久々に鰻食べたわ、俺」

「鰻は高級品ですもんね。ん〜、一緒に食べるとやっぱりおいしい！　この、京風玉子焼きと鰻とまぶしご飯は、三《さん》〝味《み》〟一体《いったい》の深い味わいと言われているんですよ」

背開きにして白焼きにし、蒸してからタレをつけ本焼きした鰻は香ばしく、身がふわふわしているのに、皮はさくっとしていてたまらない。

利美は丼を片手に持って、かきこむようにワシワシと食べた。タレは米によく合い、続いて玉子焼きをふたたび口に入れる。

「この、鰻と玉子のコラボレーションはやみつきになりますね。歴史あるお店なのに、発想が斬新です。誰が鰻に玉子焼きをのせようと考えたのか。天才ですよね」

「ははは、たしかにうな丼に玉子焼きって、聞いたことねえよな」

「一緒に食べてもおいしいですけど、別々で食べてもおいしいんですよね。鰻でしょっぱくなった口に、玉子の優しい味が、ちょうどいいリセットになるんです。すると、次に食べる鰻のひと口が、また新鮮でおいしい」

適当に食べている常盤とちがって、利美の丼は不思議と綺麗だ。ご飯と鰻と玉子焼きがつねに等間隔を保つように、まんべんなく残っている。

「松川って、いつも丁寧にご飯を食べるよな」

「そうですか？　う〜ん、具とご飯のバランスを考えながら食べるから、そう見えるんじゃないでしょうか」

もぐもぐと咀嚼してから言うと、常盤が「バランス？」と首をかしげる。

「丼ものって、具とお米が合わさってこそのおいしさがあるでしょう？　だからいつも考えながら食べてるんですよ。カレーもそうですけど、具が先になくなりそうになったらお米を多めに食べたりして調整しているんです。最後のひと口までお米と具を一緒に食べたいですから」

利美が力説すると、常盤はぶはっと噴きだし、おかしそうに笑いだす。利美はいぶかしげに彼を見あげた。

「松川って、そんなこと考えながら食べてるのか。どうりで、いつも真剣な顔して食ってるわけだ！　食べることにかけては全力なんだなあ」

「べ、べつにいいじゃないですか！　食べてるときくらい、ご飯のこと考えたって！」

「悪いなんて言ってねえよ。かわいいなあと思っただけだ」

「また！　もうかわいいは禁止です！」

やはり常盤は軽い男なのだろうか。利美はフンッとそっぽを向き、ワシワシときんし丼を頬張る。そうしているうちに本題を思い出す。

「そんなことより、今話すべきことがありました」

「ん？」

「ずっと思ってたんですけど……」

いったん箸を置き、切りだす。常盤も水を飲みながら首を傾げた。

「堀川さんはどうして、平等に和菓子を教えなかったんでしょう？」

今夜の勝負について利美は真剣に考えなくてはならない。それにはどうしてもこの疑問を避けては通れないのだ。

花華堂の事情を聞いたときから、利美は不思議に思っていた。

兄は古きものを、弟は新しきものを。……長年、真逆ものを追求してきたふたり。それが不和を呼ばない訳がない。本気で打ちこんでいたからこそ、店を分かつまでの状況に陥ってしまったのだろう。まるで水と油のように。

「堀川さんが同じことを教えていたら、こんな事態にはならなかったかもしれません。和真さんと研究していたという創作菓子だって、真琴さんも入れて三人でやればもっといいアイディアが出て、団結力だって増したかもしれないのに。それぞれの方向性がバラバラだったのが、今回の原因だったんじゃないかなって思うんです」

この諍いは、彼らの個人主義によるものが原因ではないか。薄情な言い方かもしれないが、そのように育ててきたのはまちがいなく堀川だ。

――家族は娘と息子の嫁さんが転院時に一度付き添いにきてくれたくらいで、息子らは顔も出しませんわ。

寂しそうな笑みを浮かべていた堀川。彼はなにを思って、あの言葉を口にしたのだろう。

もともとは和菓子というひとつの商品で繋がった縁だ。家庭の事情までは知る由もない。

「堀川さんがどうして、それぞれに別々のものを学ばせたか。それは、彼らの『作品』を食べてみたらわかるんじゃないか？　松川は、息子や娘のつくった菓子はまだ口にしたことがないんだろ？」

「はい」

「ご主人がつくった菓子しか食べたことがない。それはある意味、利点かもしれないぞ。まっさらな舌で、ご主人と子供達の菓子を食べ比べることができるんだから」

「なるほど」と利美は頷いた。

「ちなみに松川はどの菓子が好きだったんだ？」

「そうですね。いろいろといただきましたが、思い出深いのは大福でしょうか。初めて食べたときの感動は忘れられません」

それは何年か前の、寒い冬の日。雪が降るほどの寒さで、学生の利美は凍えそうになっていた。

「京都って、冬はすごく寒いんですよね」

「三月でも雪が降ることがあるって聞いたことあるな」

「ええ。そんな寒さの中で花華堂にお邪魔して、堀川さんに出してもらったお菓子は『春仕立て』というふたつの大福でした。こしあんを包む白い求肥《ぎゅうひ》には、練り切りでつくった明るいピンク色の梅が飾られていて、なんだか明るい気持ちにさせてくれるお菓子だったんです。中にはとろけそうなほど甘い栗の渋皮煮が入っていて、甘さ控えめのあんとのバランスが絶妙で……。もうひとつにはチョコレートが入っているんですよ！　これが白あんとすごく合うんです！」

甘味を楽しんだあとに飲む抹茶で体が温まり、京都の寒さを一時忘れられた。

他にも、利美は堀川のつくる和菓子の味をよく覚えている。味も食感も、口にしたときの感動も、すべて容易に思い出すことができる。

堀川がなぜ利美に審査員のようなことを頼んできたのか。その真意はまだわからないけれど――。

食べてから考えよう、と思い直す。

覚真も和真も真琴も、彼らの主張はすべて菓子に詰まっているはずなのだ。なぜなら彼らは菓子職人なのだから。

――自分の舌に絶対的な自信なんてないけれど、彼らの言いたいことを和菓子から知ることができたら、この疑問も解けるのかなと、利美は思った。

やがて、最後にひと口分残った鰻とご飯を口に入れて、シメに玉子焼きのかけらを咀嚼した。水を飲んで、幸福感に浸りながら「ごちそうさまでした」と手を合わせる。

会計をすませて店をあとにし、まだ時間があるなと常盤が腕時計を確認した。

「街を散策してみるか。京都の土産も買いたいだろ」

「そうですね」

常盤の提案に利美は頷く。せっかく京都まできたのだから、土産はひととおり買いたいところだ。

利美と常盤は、寺町通のアーケード街をぶらぶらと歩き、そのまま錦天満宮《にしきてんまんぐう》へ参拝に寄る。

錦天満宮――それは商店街のアーケード内にある神社だ。人々の生活圏に神社仏閣が点在しているところは、京都の魅力のひとつと言えるかもしれない。

「おっ、すげえ。見てみろよ、あれ」

寺町通から錦天満宮に入ろうと左に曲がったところで、常盤が鳥居を見あげて指をさす。利美も顔を向けると、鳥居の端が、両脇の建物に突き刺さっていた。

「この鳥居、よくテレビで紹介されるんですよ。珍しいって。なんでも、昭和十年に建てられた当初は道幅が広かったんですが、のちに鳥居の両側の土地が売られて建物ができた結果、長い部分が突き抜けてしまったんだとか。今でも、建物の中に入ると、端の部分を見られるそうですよ」

見るために建物に入ることはできないんですけどね、と残念そうに利美が説明する。ふたりは、左側にある手水舎《ちょうずや》の前で立ち止まった。

「常盤さん、ここの水は良質な井戸水なんですよ。京の名水のひとつである〝錦の水〟が地下から湧き出ているので、飲めるんです」

「ほお、ただ清めるための水ってだけじゃないのか。せっかくだから飲もうぜ」

ひんやりとした井戸水がスッと体中に染みわたり、初夏の暑さを和らげてくれる。そして本殿へと向かい、ふたりは賽銭を入れて柏手を打ち、願いを込めた。

「ここは商売繁盛のご利益があると同時に、学業の神様として親しまれています。京都の学生はだいたいこちらの錦天満宮か、北野《きたの》天満宮《てんまんぐう》にお参りすることが多いようですね」

すたすたと歩いて、神牛像《じんぎゅうぞう》の近くに寄る。その牛の像は、頭部や体のあちこちが金色に輝いていた。

「一説には、この牛の頭を撫でたその手で、自分の頭を触ると知恵が授かると言われています。頭がやたらピカピカと綺麗なのは、みんな頭がよくなりたいからでしょうね」

「はは、俺も撫でておこうかな」

「……私も、撫でておきます」

なでなで、とふたりで神牛像の頭を撫でる。そして、これまた珍しいガラス製の箱の中に入っている古い獅子舞人形が、おみくじを運んでくれる、『からくりおみくじ』を引き、満足して神社を出て、錦市場《にしきいちば》へ向かった。

京都土産は、工芸店で見つけた丸いびいどろのかんざしを事務の伊倉へ、営業仲間にはちりめん山椒を選んだ。目黒へは京漬物のセット。茄子を赤紫蘇《しそ》で漬けた生しば漬と、聖護院《しょうごいん》かぶを使った千枚漬け、そしてすぐきというカブの仲間を塩漬けにして乳酸菌で発酵させる、京野菜の漬物だ。

さらに利美は自分用にも漬物を買う。水菜の一種であり、京都の伝統野菜に認定されている壬生菜《みぶな》の浅漬けと、たくあんの梅肉漬け。しばらくはご飯のおともに困らないなと、ほくほくして購入したものを鞄に仕舞う。

錦市場を往復し、新京極通《しんきょうごくどおり》から河原町通《かわらまちどおり》に出て歩く。ちょうど歩き疲れた頃、ぽつぽつと店が並ぶ細い通りに、町屋のような佇まいのお好み焼き屋があった。

利美は思わず足を止め、サンプル食品の並べられた棚を凝視する。

「お好み焼き、『味乃家《あじのや》』か」

「……九条ねぎ焼き……ねぎ焼き……」

食欲をそそるメニュー名が気になって、その場に立ちつくす。そのまま微動だにしない利美に、常盤が声をかけた。

「入ってみるか。お好み焼きくらいなら食べられるだろ」

「い、いいんですか？」

くるりと振り返る利美の目は爛々と輝いている。常盤は頷き、のれんをくぐった。

店に入ると、お好み焼きソースのかぐわしい香りが、利美の鼻腔に届く。

「ああ、なんと食欲をそそる、すばらしい匂い！」

「うむ。まちがいなくうまそうな匂いだなあ。……松川、よだれ」

指摘され、利美は「えっ⁉」と声をあげて慌てて口を拭った。

「嘘」

はは、と軽く笑った常盤が店員に「ふたりです」と声をかける。利美は動揺して立ち尽くす。

「ちょっ、嘘って。ちょっと常盤さん！」

「ほら。左側の座敷だってよ」

すたすたと店内に入り、靴を脱いで座敷に座る。利美はムッとして彼を睨みつつ、席についた。

「さて、なにを頼む？」

ふたりは向かいあって座り、常盤がさっそくメニューを広げる。

ツンとそっぽを向いていると、店員が注文を取りにきた。すると常盤は「九条ねぎ焼きをふたつください」と口にする。利美は慌てて前を向き、「えっ」と声をあげた。

「ど、どうして私が食べたいものがわかったんですか？」

「さっき、外でねぎ焼きってブツブツ呟いていたじゃないか」

「なっ！　無意識でした……」

利美は不機嫌そうに水を飲んだ。

店内は盛況で、ほとんどの席が埋まっていた。ざわついた雰囲気の中、店員が鉄板に油を引き、目の前でお好み焼きを焼いてくれる。

「おっ、すげえ。ネギだらけだな」

「京野菜の九条ネギですね。味わうのが楽しみです」

じゅうとおいしそうな音が辺りに響く。

しばらくして、店員がヘラを使ってくるりとひっくり返す。すると、ちょうどいい焼き色のついたお好み焼きが顔を出した。裏も同じようにして焼いたらできあがりだ。

「店の人が焼いてくれるのはありがたいな。けっこう難しいだろ」

「自分で焼くのも楽しいですけど、焼いてもらった方が確実においしいですよね」

利美がヘラを使ってお好み焼きを切り分ける。そして、たっぷりのかつおぶしを振りかけた。

「うまそうだなあ。生地から透けて見えるくらい、ネギたっぷりだ」

「お好み焼きといえばソースですけど、ネギ焼きにはお醤油をかけるって聞いたことがあります。あっさりしておいしいそうです」

「へえ、醤油で食べるって珍しいな」

「そうですよね。ではさっそく……」

お好み焼きを手皿に乗せ、醤油をかける。ふうふうと息を吹き、はふっと食べた。さらりとした醤油と甘苦いネギの味に、利美の表情がほころぶ。

鼻に抜けていく瑞々しい香り。よく煮込まれた牛スジ肉がほどよいコクを運び、利美の口の中は複雑な旨味でいっぱいになる。

もぐもぐと咀嚼し、うっとりと利美は目を閉じた。

「九条ネギの大名行列です……」

ぶはっと常盤が噴きだす。

「焼ける音に期待を膨らませ、フタを開けたときに鼻腔をくすぐるネギの香りと、口に入れたときの舌触り。醤油に負けていない、上品でありながらも主張の強い味！　五感でネギを味わえる」

九条ネギの特徴は白ネギとちがって葉ネギであることから、薬味によく使われる。だが、火を入れて焼くと甘さが増し、非常に味わい深くなるのだ。

「よく考えられていますね。お好み焼きとちがって、あっさり食べられる！」

「牛スジはいいチョイスだよな。嚙み応えが邪魔しなくて、あくまでネギを主役に楽しむことができる」

「本当ですね。ああ、京都に来てよかった。食事は旅の醍醐味ですよね。食べたいものはいっぱいあるのですが、その中から選ばざるを得ない切なさと楽しさ。食べたときの感動と、次はこれを食べたいという欲求。それがふたたび、人を旅立たせる機動力のひとつなんでしょうね」

美しい自然美。歴史を感じる建造物。その場所にある独特の雰囲気。方言のちがい。それは同じ国であるはずなのにまったくちがう。その〝空気〟を楽しむのは旅の娯楽と言えよう。

しかし、食事だけは別なのだ。流通が完成された現代社会において「地方のものを食べる」というのはさほど難しいことではない。北海道で沖縄の名物を食べることだってできるし、逆も然り。物産展、インターネットでのお取り寄せ、方法はいくらでもあるのだ。

それでもなぜか、現地で地元のものを食べる、という特別さには勝てないものがあった。それが旬のものならなおさらいい。

その場所にしかない景色を見て、人々の営みを眺めて、そこでつくられたものを食べる。それは旅先でしか味わえないスパイス。たまに経験することだからこそ新鮮味を感じる。

……また、行きたくなる。

「いつか、日本のすべてを見て回るのが夢なんです」

おいしそうにネギ焼きを食べて、利美が言う。

「それはまた、壮大なような小さいような夢だな。世界中、じゃないのか」

「まずは自分が生まれ育った国を心ゆくまで知りたいんです。世界は、そのあとです」

「世界はそのあとか。くく、悪かった。松川の夢はまちがいなく壮大だよ。なかなかの野望だ」

「……ありがとうございます。それは、褒めてるんですよね？」

「ああ、大変に好ましい。いい夢だ」

常盤がにっこりと笑った。

旅の楽しさをもっとたくさんの人に知ってもらいたい。その楽しさを自分がプランニングした旅で知ってもらえたら嬉しい。

利美は食事に舌鼓を打ちつつ、瞳を閉じた。

「松川のプランニングは、だいぶイメージできてきたか？」

店を出て駐車場に戻る道すがら、常盤が問う。

「はい。でもなにかひとつ物足りない気がして、もう少し練ってみます」

「うん。時間はまだあるんだしな」

たった数日でその場所の魅力を一〇〇パーセント伝えることなど不可能だ。それでも、ひとつでも多くの〝素敵〟を知ってほしい。

「私、この旅を通して、京都に対する気持ちを再認識し、候補もだいぶ絞り込めました。それに、旅の道中もたくさんの出会いがあるんだって学べたと思います。サービスエリアでいろいろ食べたり、見たりしたのも、楽しかった」

「そうだな。観光地は目的地にちがいないが、そのゴールに行きつくまでの間にだって、たくさんの魅力が詰まってる。きっと、大きな旅の思い出になるはずだ。全体を通して楽しかったと思ってもらえるように、俺も原稿を頑張るわ」

ひょんなことから始まった京都旅行。それ自体は、ありがたいことなのだろう。普段の仕事では、こんな形でプランニングなどできない。観光地の資料や、過去に人気だったツアープランの内容や、口コミなどを参考に、机の上で練りあげるしかないのだ。

しかし利美は、多くをこの旅で知った。旅行を設計するということ。ひとつの作品として商品に仕上げること。

効率のみを重視し、受け入れやすい無難なツアーばかりを組むのが仕事ではない。

やり方はひとつではないのだ。利美のやり方で、客の心を動かせばいい。自分の〝楽しい〟を、もっと発信したい。

ときには拒否されるかもしれない。あなたの意見は必要ないと、すげなく袖にされるかもしれない。でも、受け入れてくれる人だっているはず。新しい旅のプランに心をときめかせてくれる人が――。

一部の否定的な言葉を万人の意見だと勘ちがいしてはいけない。利美の仕事は、愚かに、まっすぐに、楽しさを提供することだけ。

旅は楽しい。素敵な人生の思い出になる。その手助けがしたい。

利美が目黒より与えられた今回の仕事は、きっとその覚悟を決める大切な足掛かりとなるだろう。だからこそ全力で取り組もうと、利美は前を見据える。

その足取りに迷いはもう、なかった。

ドライブこぼれ話 MEMO 2

嵯峨野のしっとりした古い町並みの中に佇む、京料理屋『おきな』。趣のある日本家屋で、上質な京料理や、向かいにある百五十年以上続く豆腐屋『森嘉』の豆腐を湯豆腐で楽しめます。

おいしさの秘密は、上質な水にあり。京都の湧き水は豆腐にもっとも適している軟水。

川端康成や司馬遼太郎など、著名な文豪の作品の中でも紹介されたこの豆腐は、昔から変わらずひとつひとつ丁寧に手作業でつくりあげられているそうです。横に切れば完璧な絹ごし豆腐、縦に切れば少し木綿豆腐状という絹ごしと木綿の間のような豆腐は、柔らかく、腰が強く、なめらか。

風味豊かな出汁にくぐらせて、お好みの薬味で召しあがれ。

至高の京菓子と、濃厚京風ラーメン

夕方、閉店時間に覚真の方の花華堂へ到着する。

細い裏路地の中にある玄関チャイムを鳴らすと千絵が顔を出し、利美達は中に通されて六畳ほどの和室に案内される。

黒い座卓の前に座ると、少し遅れた形で和真と真琴もやってきた。そして最後に覚真夫妻が部屋に入ってくる。

「では、時間も遅いですからさっそく始めましょう。まずは私から」

「ちょお待てえ！　なんで兄貴からやねん。俺からや！」

「順番なんかどうでもええやろ」

「やったら俺に譲れ。俺は一番に食べてもらいたいんや」

最初から喧嘩腰の和真に、覚真がムッとした顔をする。千絵と真琴がふたり揃ってげんなりした表情を見せた。

「あの、じゃあ、じゃんけんで決めるとかどうでしょう……」

おそるおそる利美が提案すると、覚真と和真が同時にギロリと睨んできた。あまりの迫力に、利美はビクッと体を引く。

「花華堂の継承が誰になるのかという大事なときに、なんでじゃんけんで決めなあかんねん！　遊びやないねんで！」

「ああもう、松川さんにまで怒鳴らんといてよ！　せやったらくじ引きにしいな。いい加減にして！」

素に戻って関西弁でわめく覚真に、真琴が頭を抱えながら大声をあげる。すぐに千絵が台所から割り箸を三本持ってきて、それぞれの箸先に番号を書いた。

「これを引いてもらったらええよ。じゃあ、公平を期すために、常盤さんに持ってもらいましょう」

素直に常盤が前に進み、千絵から三本の割り箸を受け取る。割り箸をシャッフルし、無言で箸を握った手を差し出した。

覚真、和真、そして真琴が、それぞれ箸を持つ。同時に勢いよく引くと、一番は覚真だった。グッと和真が苦虫を噛んだような顔をする。彼は二番で、真琴が三番だった。

「ほらみろ。最初からこの順番でよかったんや」

居丈高《いたけだか》に覚真が鼻で笑い、利美の向かい側に座る。そんな彼の隣に和真がドカッとあぐらをかき、その隣で常盤の正面には真琴が正座した。

千絵は覚真のそばで日本茶を淹れ「上座から失礼します」と、利美の前に湯のみを置く。

覚真はさっそくといった様子で、手に持っていた風呂敷包みを利美に渡した。

利美は座卓に置いてゆっくりと結び目をほどき、小さな黒塗りの漆箱を取りだす。

「では、開けます」

ひと言断り、フタを開けた。中は斜めに仕切りがあって、ツルンとした艶のある、濃い琥珀色をした丸いお菓子がふたつ、入っていた。

「シンプルな見た目が上品ですね。これは京菓子ですか?」

「はい。わらび餅です。一般的にわらび餅は透明だと思われがちですが、本当のわらび餅は、にごった琥珀色、もしくは黒に近い色をしているんですよ」

にっこりと笑って覚真が説明する。さっきまで激昂して和真や利美にまで怒鳴っていたのに、切り替えの早い男だ。

「京都のわらび餅は、私も一度食べたことがあります。たしかに薄い琥珀色だったと記憶しています。スーパーなどでよく見る透明のわらび餅は、さつまいもや葛《くず》のでんぷんを使用しているそうですね」

「よくご存知で。わらびの根から採れるでんぷんは、葛の根よりもずっと少ないため、昔から希少なんです。また、わらび餅は保存がきかない上、すぐに風味が落ちてしまうので、つくりたてがいちばんおいしいんですよ」

「京菓子における主菓子……。まさに、〝いきもの〟ですね」

ほう、と利美が感嘆の息をつく。覚真は微笑み、そばに置いていた小皿から二種類の粉を振りかけた。

「これは丹波《たんば》産黒大豆のきな粉、もう片方は宇治《うじ》の緑茶葉を炒って粉末状に挽いたものです。風味付け程度にかけるのが、京菓子の特徴ですよ」

指でつまんでぱらぱらと落ちていく粉は、まるで色のついた雪化粧。

お菓子を食べるという、ただそれだけの行為なのに、不思議と空気は荘厳で、静寂に満ちていた。

古来より〝菓子を食す〟ということが、どれだけ特別視されていたか。雅な美しさを放つ京菓子の姿がすべてを物語っている。

「さあ、どうぞ召しあがってください」

利美は、竹製の黒文字を手に取った。

「いただきます」

まずはきな粉のわらび餅を黒文字で割り、つまみあげる。ふるりとした柔らかな感触。

利美は顔をほころばせ、ぱくっと食べた。

「これはっ！　口に入れた瞬間、香ばしい大豆の風味が広がりました。わらび餅の食感は、とろけそうなのにしっかりした弾力を舌に感じます。しっとりして、透きとおるような甘さ。さらりと舌から消えてしまう淡い味。これは和三盆の味でしょうか」

「はい。これをいちばんに活かす菓子はなにかと考え、練り切りや干菓子も考えたのですが、他の魅力もお菓子に詰めたくて、わらび餅にしました」

利美は次に緑茶の粉が振りかけられた方のわらび餅を黒文字で取り、ひと口で食べた。

「むっ、これは、さっきのと全然ちがいます！　青々としたお茶の風味がわらび餅をより一層爽やかに引き立てていて、しかも中にこしあんが入っています」

「京菓子のわらび餅は、こしあんが主流なんですよ。この形は室町時代に完成したと言われていますが、私なりに改良を加え、わらび餅の柔らかい甘さが消えてしまわないよう、こしあんの甘さを控えめにしました」

ふるんとしたわらび餅はまろやかで、噛まなくても口の中で優しくほどける。

そんな儚い菓子から顔を出すこしあんは、小豆の風味を感じた。繊細なわらび餅が、あんと共に優しく溶けあう。

「なんて上品な甘さでしょう。お茶の苦みともバランスよく合わさり、すっきりした後味になっている。京菓子の文化はそもそも、茶室で出される茶菓子として発展したと聞きます。つまり日本茶に合うようつくりだされた究極の一品であり、とてもすばらしいマリアージュです！」

うん、うん、と頷きながらもうひと口。日本茶を飲んでから、次はきな粉のわらび餅。両方の味を食べ比べるのがとても楽しい。大豆や茶葉を炒って挽いた直後でしか味わえない香ばしさと、つくりたてのわらび餅。それは儚い和菓子と言えるだろう。お土産には向いていないが、その場で食べられるなら、いくらでも食べたいと思える。

「はあ……ごちそうさまでした」

満足して手を合わせる。すると、周りでくすくすと笑い声が聞こえた。目を開けて見あげると、覚真が毒気の抜かれたような笑みを見せており、千絵もこらえきれないようにして肩を震わせている。

「な、なんでしょう」

「いや、ずいぶんと文学的な感想を仰ってくださるなあと」

「……文学的だなんて、そんな」

そういえば常盤にも笑われた。自分の食に対する感想はおかしいのだろうか。内心へこんでいると、千絵が「いいえ」と笑いながら首を振る。

「個性的でおもしろいと思います。松川さんは、グルメライターのお仕事とか向いていそうですね」

ライター……物書きということだろうか。しかし自分は国語の成績がよかったわけではないので、職業にするのは難しいと利美は思う。

しかし笑い声がきっかけになったのか、ギスギスした雰囲気が幾分か緩み、和やかな空気になった。そんなところに、おもしろくないといった表情をする和真が覚真を押しのけ、どっしりと利美の向かい側に座る。

「兄貴の菓子なんかでそんな幸せそうな顔するんやない。……俺の菓子を食わせたる。ほら、開けてみぃ」

どうやら覚真の菓子を褒めたことが気に入らなかったようだ。彼は乱雑な口調のわりに丁寧な手つきで風呂敷の包みを解き、中に入っていた小さなお櫃《ひつ》を取りだした。そして利美の前にコトリと置く。

「では改めて、開けます」

利美はふたたび断りを入れて、覚真のときと同じように漆塗りの箱を開けた。

「わあ……」

思わず感嘆の声が出る。ガラス器に入ったそれをおそるおそる持ちあげて座卓にのせた。形はお椀型をしたプディングのようだが、新しいものを追求する和真ならではの遊び心がふんだんに盛りこまれていた。

台形で、高さの低いプディングは薄いベージュ色をしている。それを土台にして、上部分には半球型のくず餅。さらにその中には、小さな魚やサンゴの形をしたものが品よく飾られている。

「なんて綺麗。食べるのが惜しいくらいです。まるでスノードーム。くず餅にはうっすらと青色のグラデーションが入っていて、海の中みたい。くず餅に閉じこめられた小魚やサンゴがかわいいですね。やっぱりコンセプトは海ですか？」

「ふふん、そうやで。やっぱり見た目も勝負のうちやろ。今は初夏やし、デザインも夏らしい海をイメージしてみたんや。せやけど、外見だけよくて中身がしょうもなかったらアホみたいやろ？　口にしたらあっと驚くから、食べてみ！」

「はい。すごくもったいないですが……。くっ、いただきます……！」

和真の和菓子はアートだ。これを崩す、という行為がひどく罪深く思える。だが、その罪悪感を越えなければ素敵な味に辿りつくことはできない。絵は見るために、菓子は食べるために存在しているのだ。

利美は断腸の思いで、菓子にフォークを入れた。

ちなみに常盤は、そんな利美の葛藤が手に取るようにわかるのか、必死に笑いをこらえている。

プディングの部分とくず餅の部分。両方が合わさるようにフォークで刺して、ぱくっと食べた。

「ほわあ、これは……！　なんという和と洋のコラボレーション。この土台のプディングはほうじ茶とミルクでつくられていたんですね。それに、ほんのりチーズの味がします」

「ようわかったなあ。チーズを控えめにすることで、和菓子らしいほうじ茶プディングに仕上がってるはずや。でもチーズのコクもある。それとくず餅が不思議とぴったりマッチするんやで」

「はい。このすうっと舌でとろけるくず餅。和三盆はこちらで使用したのですね」

「調和もさせたかったから、プディングにも少量使ってる。あとの甘さはザラメやねん」

なるほど！と利美は感心したように相槌を打ち、次はプディングのみをすくって味わってみる。この一品だけでもじゅうぶんおいしい。ザラメの優しくてしっとりした甘さが、ほうじ茶の風味とよく合っている。

こんなに素敵なお菓子を利美のためにつくってくれたということがとても贅沢であり、感動を覚えた。たとえそれが堀川主人からの提案で、仕方なくだったとしても。

「ずっと気になっていた、このお魚の部分……食べてみますね」

透明度の高い美しい青のグラデーション。そんなくず餅の中に、白く小さな魚が飾られている。くず餅ごとすくって口に入れ、しばらく舌でなぞって確かめた。

「これは生麩、ですか？」

「正解！　もちろんこの生麩は俺の手づくりやで。サンゴの生麩は、レッドビーツで色をつけてあってな、くず餅の青はなんとナスビやねん」

「へえ〜！　おもしろいです。この味わいは、まるで京都を食べてるみたいですね。和洋折衷という言葉がよく似合う、まさに今の京都らしいスイーツです」

にっこりと笑って感想を述べると、和真は嬉しそうにニッと笑みを見せた。その笑みはどこか、兄の覚真に似ている。

「和洋折衷。俺の好きな言葉や。おおきにな」

「こちらこそ、ごちそうさまでした。見た目も味も、とても芸術的でした」

ぺこりと頭をさげて、千絵が新しく淹れてくれた日本茶を飲む。ひと息ついて心に残る食後の余韻に浸った。

さて、最後は真琴の菓子だ。まだ腹に余裕はある。むしろスイーツは別腹なので、このあとに夕飯を食べても問題ない。

和室に、「真琴」と少しいらいらしたような覚真の声が響いた。

「早くしいな。つくったんやろ？」

「あ、うん……まあ」

真琴が大事そうに手に持つのは、白い風呂敷に包まれた小さな箱。彼女はしかし、困ったように常盤の向かいに座ったまま動かない。

皆がどうしたんだろうと注目する。すると真琴は、決意したように利美を見つめた。

「あのっ、うちは、辞退……しようかなって」

「え?」

せっかくつくったのに?と利美は首を傾げて疑問を口にする。すると、真琴は恥ずかしそうに包みを後ろ手に隠してしまった。

「う、うち、ほんまにずっと、みんなの手伝いしてただけやから。トウ兄さんやカズ兄さんみたいに、独創的なものがつくれへんっていうか、オリジナリティがゼロやねん。やから、評価する価値、ないと思うんよ」

敬語が取れて素の関西弁に戻っている。よほど恥ずかしいのだろう。すると党真が「ふむ」とゆっくり顎を撫でた。

「たしかにそうやったな。親父はずっと、真琴には手伝いばかりさせて、自分の菓子をつくらせようとはせえへんかったし」

「まあ、真琴がそない言うならべつにかまへんけど。とにかく、俺が勝てばええんやから」

兄達が真琴に同意しはじめる。ぎょっとして利美は慌てて手を挙げた。

「あ、あの。私は真琴さんのお菓子が食べたいです。それに真琴さんは、ちゃんとあの和三盆を使ってつくってくれたんですから。……私、味わいたいです」

「うちのお菓子なんて言うほど、偉そうなもんやないんですよ」

「それでも！　だって、堀川さんがそう望んだんですから」

まっすぐに真琴を見つめる。堀川は言ったはずだ。真琴にも家を継ぐ資格はあると。利美はどうしても堀川の望みを叶えたかった。

利美の瞳になにかを感じたのか、真琴が困った顔をしながらも、利美の前まで来て包みを座卓に置いた。膝をついて正座し、ゆっくりと結び目をほどいていく。

「ほんまに、たいしたものやないので。それだけは理解しといてくださいね」

真琴が取りだしたのは朱色をした漆仕上げの小さなお櫃。彼女は奥ゆかしく、そっと利美の手元に置いた。

開けます、とひと言断ってから利美はフタを開ける。

中に入っていたのは白くふくふくした大福がふたつ。利美が皿を取りあげると、大福にはかわいらしいデコレーションがされていた。

「これは……」

それは利美にとって、よく見覚えのある和菓子。

雪景色と春のはじまりを思わせる梅の花を合わせた、雅ながらもかわいらしい一品。

あの、冬の寒い日に、利美が喫茶スペースで抹茶と食べたもの。

「懐かしい。『春仕立て』、もう店頭には並んでいないですよね？」

「あ、はい。よくご存知ですね。これは三年前に父がつくったお菓子で、私、これが好きで、今もときどき、自分が食べるためにつくっているんです」

二月の京都は、かなり冷えこむ。しかし、そんな中でも花を咲かせて人々の目を和ませるのが梅の花だ。その花を見ると「春が近い」と感じ、やがて来るうららかな季節に心弾ませる。そんな心情と〝仕立てる〟という言葉を合わせたのがこの大福の名前の由来だと、利美はかつて堀川から聞いた。

「私もこのお菓子、大好きです。このお店の喫茶スペースでいただいて、堀川さんに温かい抹茶を立ててもらって、他愛のない世間話をして、とても楽しいひとときでした」

梅の飾りは職人技だ。梅の花びらも、大福に半円を描く葉も、小指の先ほどしかない。それなのにきちんと葉脈や花の皺まで描かれていて、芸が細かい。

いただきます、と手を合わせてからひとつ手に取り、ぱくっと食べる。

「なんてホッとする優しい味。大福のあとに飲む緑茶まで、一層おいしく感じます。この渋皮煮も、昔食べた味そのままで懐かしいです」

そしてもうひとつの大福にも手を伸ばす。こちらは白あんを求肥で包んでおり、その中には、柔らかいチョコレートが入っていた。

「生チョコですね。白あんととても相性がいい。洋菓子と和菓子が調和した一品ですよね」

「はい。大福のあんに合う渋皮煮の甘さ加減や、練り切りで飾りをつくるところは、父とトウ兄さんが考えました。チョコレート大福は、カズ兄さんが生チョコの固さと柔らかさのバランスを追求して、とろける食感を保つにはどうしたらいいのかと、試行錯誤していました。私は、みんなが研究しているときは見ているしかできませんでしたけど……」

ふ、と真琴が微笑む。昔を懐かしむ、穏やかな笑み。

「商品としてお店に出すとき、私も手伝いました。父は普段はのんびりした人なんですけど、仕事になるとすごく厳しいんです。きっと、職人気質なんでしょうね。私は不器用だから、梅や葉の練り切りを何度も練習させられました。それこそ、もう嫌や～って半泣きになりながら」

その頃を思い出したのか、自分の手のひらを広げて見つめる。その手は女性にしては少し硬い感じのする、指のあちこちにまめのついた職人の手。長年の苦労を思わせる、努力の手。

「でも、ようやく父が納得するまでに仕上げることができて、私、嬉しくて泣いちゃったんです。正直言うと、この大福はしばらく見たくもないわ！ってくらいトラウマものやったんですけど、なんだか、いつの間にか大好きなお菓子になっていました」

変ですよね、と笑う真琴。

だが、利美はひとつも変だとは思わなかった。手伝いだけをしていたと言うが、それができる時点で彼女はひとかどの和菓子職人なのだ。そうでなければ、客に出す商品などつくれるはずがない。

過去にたくさん苦労した和菓子。けれど彼女はその苦労を楽しかったと思えるまでに成長した。簡単につくれるほど腕をあげたから、今は笑顔でそのお菓子を語ることができるのだ。

ぱく、と利美は最後のひと口を食べる。

この甘さも、求肥のほわほわした柔らかさも、砂糖配分も、すべて彼女の兄や父が考えたレシピ。彼女はその手順を正確に辿っているにすぎない。……けれど。

「ごちそうさまでした。とてもおいしくて、懐かしい味でした」

手を合わせ頭をさげる。真琴は「いいえ」と恥ずかしそうにうつむいた。

こくこくとお茶をいただき、ふうと息をつく。

すべておいしかった。すべて食べ終えてしまった。楽しい試食タイムが終わってしまった。とうとう、ジャッジを下さねばならない。むしろ、覚真や和真にとってはそちらが本題だ。

お茶を飲みながら考える。

……堀川の判断は正しかったと、ここになってようやく利美はその思惑に至った。三人兄弟妹《きょうだい》すべてのお菓子を食べなければ、この答えに辿りつけなかった。

しかし、どう口にすればいいのだろう。自分の思いをちゃんとわかってもらうためには、どんな言葉を選べばいいのか。

利美はひとり目を閉じて思案する。やがてゆっくりと瞳を開いた。

「千絵さん、お茶ありがとうございました。とてもおいしかったです」

「いいえ、私はこんなことくらいしかできませんから」

はにかんだ笑みを見せる千絵に微笑みを返し、利美は空になった湯飲み茶碗をテーブルに置く。全員の視線が利美に向かっていた。

「党真さんの伝統的な和菓子、和真さんの革新的な和菓子、温かいぬくもりのある真琴さんの和菓子。どれも甲乙つけがたいほどおいしかったです。さすがは堀川さんの息子さん、娘さんだなって思いました。けれど、これが勝負である以上、審査員を仰せつかった私は判断を下さなくてはなりません。それでは私が思う一番を挙げます」

ごく、と利美が生唾を飲みこむ。彼女を取り囲む人達も、全員が固唾を呑んだ。


「いちばんは、真琴さんです」


静かに。しかしはっきりと自分の意思を告げる。

党真と和真、そして真琴が揃って「えっ」と声をあげた。千絵は目を丸くしてぽかんと口を開けており、常盤だけが表情を変えず、冷静な目でその場を見つめている。

利美の言葉に対し、最初に異論を唱えたのは案の定の和真だった。ドン、と拳で座卓を叩き、利美を睨みつける。

「なんでや！　おかしい。俺の菓子がいちばんうまかったやろ!?　だって真琴のつくる菓子は、全部俺らのコピーやで？　俺や兄貴以上の腕なんかあるわけないんや！　それは真琴の菓子食って味見してる俺がいちばんよくわかってる！」

ぎらぎらした和真の目は怒りに燃えている。それだけの情熱を菓子に詰めこんだということだ。

覚真も、和真ほど怒りをあらわにしなかったが、眉間に皺を寄せていた。その表情からは〝不服〟という言葉がにじみでている。

和真の反応も覚真の反応も、予想していた。それでもこれが利美の答えなのだ。

意思を覆すつもりはないと、まっ向から視線と言葉を受け止める。真剣に考えたのだ。食べることが大好きだからこそ、ここで譲歩などしたくない。

「どうして、ですか？」

ぽつりとつぶやいたのは真琴だった。彼女もまた、自分の名が呼ばれたのが信じられないのだろう。嬉しさよりも戸惑いが強いようだった。むしろ彼女こそが納得できないと、その顔が物語っている。

「理由を教えてください。私を選んだ理由を」

「そ、そうや。俺が納得できるような理由なんやろな。まさか懐かしい味やったから、なんて理由やったら怒るで！」

「お前はもう十分怒ってるやろ。ですが松川さん、私も理由を聞きたい。もし、あなたの個人的な理由で真琴を選んだのなら、私も納得できません」

三者三様の視線が、利美を射貫く。

個人的な理由か……たしかに、そうかもしれない。

利美は素人だ。味のプロではないし、和菓子制作に精通しているわけでもない。技術的な話になれば、まったく理解できないし、ついていくこともできない。

でも、堀川は利美を選んだのだ。審査役として素人を選択した理由が必ずある。

利美はまっすぐに彼らを見つめ、口を開いた。

「真琴さんを選んだのは、懐かしいからというのが理由ではありません。とてもおいしかったですけど、味の完成度でいえば覚真さんや和真さんの方が上かもしれません。……真琴さんには申し訳ないですけど」

謝罪を込めて頭をさげると、真琴は「いえ！」と手を横に振った。

「逆にそう言ってもらった方が納得できます。私だって、兄や父の腕には敵わないって自覚してますから」

「じゃあ、なんでや」

まだ不本意だと和真が呻く。ここからが正念場だ、と利美は覚悟をした。

「覚真さんの和菓子は京菓子として完成された、ひとつの頂点のように感じました。和真さんの和菓子は新しい客層を呼びこむ、意欲的な作品だと感動しました。けれど、おふたりのどちらかを選べば、片方は花華堂のお菓子ではなくなってしまうでしょう。だから私には、選べませんでした」

静かに語る利美に、和真が不思議そうに眉をひそめる。

「どういう意味や。花華堂の菓子やなくなるって」

「だって和真さん。もし私が覚真さんを選んで、彼が花華堂を継いだらどうするつもりですか？」

利美の質問に、和真はまだ意味がよくわからないのか、首を傾げる。

「党真さんの下について、党真さんの方針に従って、彼が指示したとおりにお菓子をつくりつづけることができますか？」

「そんなん！　……そんなんは嫌や。兄貴の古臭いやり方に付きあうなんて俺にはできひん」

「そうですよね。なら、答えはひとつじゃないですか。和真さんはきっと、花華堂を出る。そして新しいお店で自由にお菓子をつくる……」

和真が黙りこんだ。たしかに、主人となった党真のやり方に反発しつづければ、いずれ袂を分かつしかない。現に今の状況がすべてを物語っているのだ。彼はすでに新しい店を建てている。

「党真さんに関しても同じです。私が和真さんを選んだら、この花華堂はきっと和真さんが経営しているお店のようにつくり変えられてしまうでしょう。そんなお店で、代々伝わってきた伝統菓子をつくりつづけることができますか？」

「……それは」

できない、と党真の顔が言っていた。長年守ってきた歴史あるこの店を改装してしまったら、党真は居場所をなくしてしまう。

いずれ、彼は妻を連れて去るだろう。どこか別の場所で、まったくちがう店で菓子をつくり続けるのかもしれない。

――それでは、真琴はどうなるのだ。彼女はきっと、花華堂の新しい主人となった兄のもとで菓子をつくり続けるのだろう。だが、ばらばらになってしまった兄弟の姿を見て、はたして今までどおりの仕事ができるだろうか。

利美は、真琴の菓子を食べて温かい気分になった。優しい味が、そこに詰まっていた。それは家族愛。家族でつくりあげてきた花華堂を愛する、真琴の優しい心だ。

心を失くしてしまった菓子はどんな味がするのだろう。利美は、食べたいとは思わなかった。そんな悲しいお菓子は、口にしたくない。

「私は、花華堂のお菓子が好きです。堀川のご主人がここにいた頃からのファンで、京都に旅行へ行くたび、花華堂に寄るのが楽しみでした。季節ごとに変わる和洋を重ねあわせた独創的な新作や、伝統的な京菓子を見て味わうのが本当に幸せでした」

お菓子も料理も、人がつくりだしたひとつの芸術品だ。目で見て楽しみ、口に入れて味わう。雅に茶を点てる音、甘い匂い。ほわりとした大福の、柔らかい手触り。

人間が持つ感覚すべてを使って楽しむことのできる、素敵な作品達。

それが欠けてしまうなんて耐えられない。

そう、これは利美のわがままなのだ。それをわかっていながら、利美はまだ口に出していない思いを言葉にする。

「今日、党真さんの花華堂と和真さんの花華堂を見ました。私は、おふたりの店内を見て、とても悲しくなりました」

「……なんでや」

「だって党真さんのお店には伝統的な古い和菓子しか並んでなかった。和真さんのお店には若い女の子が好みそうな洋菓子テイストの和菓子しか置いてなかった。私は、その両方がある花華堂が好きだったのに……」

とても個人的なわがままだ。自分の好きな花華堂ではなかったから、党真と和真は選べない。

ふたりの要素が入っている、利美の食べたい〝花華堂の和菓子〟をつくったのが、真琴だけだったから。

この感情は、もしかするとつくり手にはわからないのかもしれない。己の技を追求しつづけると、客の気持ちがわからなくなることもあるのではないか。

いや、もしかしたら「自分の菓子を好きになった人間だけが、客になればいい」と思っているのではないか。

それはある意味正解だ。現状の花華堂が実際にそうなっている。古くからある京菓子がほしい客は党真の所へ、女子層が好む和スイーツがほしい客は和真の所へ。客はしっかりと見定め、己の希望する店を選んでいる。

けれど、利美はとてももったいないと思った。せっかく堀川がつくりあげたものを一からやりなおしているような気がしたのだ。もっと彼が積みあげたものを大切にしてほしい。

そんな思いを込めて、利美は三人の若い和菓子職人を見つめる。

〝客目線〟。それは、よくビジネスでも使われる言葉だ。しかし客目線とはなんて難しいのだろうと、利美は自分が客の立場になってよくわかった。

客はわがままなものなのだ。利美をひどい言葉でなじった客も、提示した旅のプランを一蹴した客も、みんな今の利美と同じということだ。

「堀川さんはどうして三人平等に同じことを教えなかったのか、私はずっと疑問に思っていました」

しかし、それこそが堀川の目論見だったと、利美は真琴の菓子を食べてようやく気づいた。

「だめだったんです。堀川さんはきっと、自分自身が和菓子と洋菓子、どちらの知識も得てしまったから、そのことに気づいたんではないでしょうか。……自分の、限界を」

守りに入ってしまった、と言えるのかもしれない。

だから堀川は、自分の子供を極端に分けることにした。互いに頂点まで追求させてこそ、その合作が今の花華堂の菓子を超えるはずと彼は願ったのだ。

おそらく真琴は、その仲立ちとして育てられた。まったく逆方向に突き進んでいく兄達の手綱を握る役だ。

寂しそうな笑みを浮かべて、家族が見舞いに来ないと呟いていた堀川。彼の思い描いていたとおりにはならなかった。すべてが裏目に出て、こうなってしまったのは自分の責任だと感じているのだろう。

けれどやっぱり、堀川は職人であり、ひとりの〝父親〟だったのだ。子供達が、諍いなどせずに仲よく力を合わせて花華堂を守っていってほしい。でもそれを家族に言う資格などないと感じていた。

――直接は言えない。だから利美にはこぼしてしまったのだろう。他人だからこそ言える、病気を患った気弱な父親の、小さな弱音。

「私が真琴さんを選んだのは、真琴さんのつくったお菓子がいちばんおいしかったから。私の大好きな花華堂のお菓子だったから。それ以上に、この懐かしい大福を、もっとすごいお菓子に変えてほしいと思ったからです」

そうして利美は微笑みを浮かべた。少し意地悪そうに、常盤の笑い方を意識した笑みだ。

「だって真琴さんが主人になったら、党真さんも和真さんも、心配で花華堂を出ることなんてできないでしょう？　大切な妹さんをひとりになんてできないと思います」

党真と和真がぎょっとした顔をした。そして互いに目を見合わせて「そりゃ……」とか「まあ……」などと呟いている。真琴はコメントに困っているのかうつむいていて、千絵はそんな兄弟達を見て、思わずといった風に噴きだしていた。

しばらく、三人の兄弟妹にとっていたたまれない空気が流れる。

「あの、提案なんやけど」

真琴が軽く挙手をして、ちらりと周りを見まわした。

「みんなで、お父さんのお見舞いに行かへん？」

「見舞い？」

「東京に。全然行ってへんし。それに、やっぱりうちが主人なんて絶対向いてへんと思うんよ。だからお父さんとちゃんと話しあいたいって思うねん」

「でも、誰が店継ぐんって話をすると、お義父さんはいつも機嫌を悪くしていたし、ちゃんと話を聞いてもらえるやろか」

千絵が困ったように自分の頬を撫でる。しかし真琴は彼女を見つめて「ううん」と首を振った。

「うちらが話しにいくんは後継者の話やないよ。花華堂の、これからの話や。お父さんが入院して、これからあの店をどういう風にしなあかんのか、全然話しあってへんかったやろ？　……お父さんが病気治して帰ってきたときに、私はもっと花華堂を素敵なお店にしたいんや。それで笑顔で迎えたい。だからその方法を、みんなで話しあいにいきたいんよ」

その言葉に覚真と和真が目を丸くした。千絵も驚いたような顔をして、彼女を見つめる。

「真琴からそんな言葉が出てくるとは思わへんかったな」

「松川さんの言葉から、いろいろ考えたんよ。うちら、なんかまちがえてるんちゃうかなって。大切なのは製菓の腕をあげることだけやないやろ。いっぱいのお客さんに、いっぱい食べてもらうことや。お父さんがつくりあげてきた花華堂のお菓子を」

にっこりと真琴が笑う。ずっと沈んだ顔をしていて、兄達の喧嘩に呆れてはいらいらと仲裁していた彼女。だが、彼女が笑顔になるとこんなにも魅力的だったのかと、利美は初めて気づく。

　党真がため息をついた。それはなにかから吹っ切ることができたような「しょうがないな」と聞こえてきそうなため息。

「わかった、行こう。ついでに俺達のつくったお菓子、いっぱい土産に持っていこう」

「え、ちょっ」

「うん！　もう入院して一年近くになるんやし、京都の漬けもんとかおかきとか、しょっぱくて日持ちするもんも持っていこな！」

「お義父さんの好きな歴史モノの小説も新しく持っていかなあかんね。今度本屋行って探してこよ」

「ま、待ちいな！　結局なんやねん、この勝負の結果は!?　全然、親父の意向とちがうやん。いちばんが店継ぐんやろ？　そんな、ワタシ主人なんか向いてへんーみたいな、曖昧《あいまい》な答えでええんか!?」

　唯一、異論を挙げたのは和真だ。彼だけはどうも勝負事にこだわっているらしい。すると党真が呆れた顔をした。

「やったら和真、〝今んとこ〟花華堂の主人は親父から真琴になった。松川さんが選んだんやから文句ないやろ？　そんで現主人の真琴から親父の見舞いに行くって命令が下った。ほら、筋は合ってるやろ？」

　和真はムッとした顔をしたが、やがて「あーもう！」と、頭に巻いていた手ぬぐいを脱ぎ、がしがしと乱雑に頭を掻く。

「わーった、わーったわ。なんやねん、めっちゃ肩透かしやわ。俺、今日は絶対勝つつもりで必死で菓子つくったのに、なんや、みんなしてエエ話で終わらそうとしてるし……。あほらし。もう好きにせえ」

和真はあんなにも芸術的で繊細な菓子をつくるわりに、いろいろと日常的な態度が雑だ。職人らしいといえば、らしいのだが。

利美がそんなことを思っていると、覚真が「さて」と立ちあがる。

「もうすっかり遅くなってしまいましたね。松川さんたちは、今日発つんですか？」

「はい、明日も休みだったらいいんですけど、残念ながら仕事なんですよね」

利美に代わって常盤が答える。

皆でぞろぞろと外へ出ると、日はすっかり暮れており、ちらほらと星が見えている。

そういえば昨日、京都に到着したのもこんな夜の間だった。しんとして佇む古い町屋の街並み。都会では見ることのできないこの景色とも、とうとうお別れだ。寂しい気持ちはあるけれど、また見たくなったら、来ればいい。

「松川さん、いろいろお世話になってしもうたね。ほんまに、おおきにね」

真琴が手を差しだしてくる。利美が右手を出すと、彼女は両手でその手を包んだ。

「うち、松川さんが来てくれてほんまによかったと思う。きっとお父さんも、こんな風になってほしくて、松川さんにお願いしたんやろね」

「あはは、それはけっこう偶然が重なったといいますか……。正直、堀川さんはそこまで望んでなかったと思います。でも余計なお節介にならなくてよかったです」

からからと乾いた笑いをしてしまう。そもそも自分たちが京都まで来ることになったのは、すべて利美自身のミスから始まったのだ。

運がよかったのだと密かに安堵する。

駐車場で、常盤が車の鍵を開ける。ふたりは車に乗り込み、窓を開けた。

「じゃあ、堀川さんによろしく伝えてくださいね」

「はい、私からちゃんと、お父さんに事の経緯を伝えておきます」

にっこりと微笑む真琴に、利美も車の中から笑い返す。そして後方で佇む党真と千絵にも手を振った。

「また京都にいらしたときには、ぜひ花華堂に遊びに来てくださいね。今よりもずっとおいしいお菓子を提供しますから」

「はい、楽しみにしてます。……それでは、また」

さようならではなく、また会いましょうと口にして、利美は会釈した。

「なんとか、まるく収まってよかった……」

細い側道から四条通に出て、まっすぐに高速道路の京都南インターへ向かった。

はああ、と利美が長いため息をつき、脱力したように助手席のシートに寄りかかる。はははは、と常盤が明るく笑った。

「じゃあ次は気楽に食べるか？　京都南のインターにつく前になんか腹に入れておきたい」

利美の腹も、たしかになにか食べたいと望んでいた。気楽に食べられるもの……。

しばらく考えた彼女が「本当は一号店である茶山《ちゃやま》駅の総本店にご案内したかったんですが……」と言って案内したのは、国道一号線沿いにある京都発祥のラーメン店『天下一《てんかいっ》品《ぴん》』。

京都の味付けといえば〝あっさり〟のイメージが強いが、じつはこってり系のラーメンが多い。そして天下一品のラーメンは、京都の人間なら知る者がいないほど、有名なラーメンだ。やはり来たからには外せない。

「旅のシメにラーメンとは、いいチョイスだな。メニューは、ラーメンのこってりに、あっさり。屋台の味。……屋台の味ってなんだ？」

「天下一品の創業者は屋台を引いていたそうで、そこからくる名前なのかなって思いますけど、味はこってりとあっさりの間くらいですね」

「なるほど。それも悩ましいが、俺はこってりで！」

「私は、味がさねにします」

店員に注文すると、やがてほかほかと湯気の立つラーメンがやってきた。鶏ガラと野菜、醤油のスープはとろりとしたクリーム色で、具はチャーシューとメンマ、ネギというオーソドックスな内容だ。常盤がいただきますと口にしながら割り箸を割り、さっそく麺をつまんで豪快に啜る。

「んっ、ウマイ。食べ応えのある麺だなあ」

はふはふと食べる麺はしっかりとコシがあり、常盤が嬉しそうに顔をほころばせる。

「醬油のおかげか、まろやかなのに後味はすっきりしていて、次のひと口がうまい」

「バランスが絶妙で、あとを引くおいしさですよね」

常盤と話しながらラーメンを味わい、利美はラーメンと共に置かれた薬味に手を伸ばす。

「私が頼んだ味がさねは、別添えの薬味を重ねることで味の変化が楽しめるんですよ」

まずは白胡麻をかけて、麺と一緒にズズッとすする。ごまの香ばしさがスープと重なるだけで、その風味はふわりと変化する。

他にも揚げネギ、おろしニンニク、肉味噌が用意されていて、利美は軽く揚げネギをふりかけてから、肉味噌を少し入れた。

「揚げネギって、ラーメンのトッピングとしてはなかなか見ないですよね。肉味噌のピリッとした味が、コクのあるまったりしたスープとベストマッチで、たいへんおいしいです。う〜ん、やっぱり京都に来ると、天下一品を食べなきゃだめですね！」

ズルッ、ズズ。大きく口を開けてうまうまとラーメンを食べる利美に、常盤が「ははっ」と笑った。

「京都で濃厚ラーメンが食べたいなんて言うヤツ、初めて見たよ。やっぱり松川はおもしろいなあ」

「そ、そんなことないですよ。ここのラーメンが個人的にクセになっちゃうだけです。それだけおいしいってことなんです」

レンゲでスープをすくいつつ、利美は少しムッとした顔をして言い返す。最後の一滴まで綺麗にラーメンを平らげたふたりは、高速道路に乗り、東京へ向かった。

ドライブこぼれ話 MEMO 3

嵯峨野の清滝へ向かう入り口付近にある、慶応元年から続く京菓子屋『甘春堂』。

初夏の季節に並びはじめる『若鮎』は、その名の通り加茂川のせせらぎにおどる若鮎の姿をしており、夏を涼しげに演出する京の季節菓子。

見た目にもかわいらしく、もちもちした求肥をしっとりとしたカステラ生地で包みこんであるので食感も楽しく、甘さを楽しんだあとの冷たいお茶がおいしさをよりいっそうひきたてる絶品です。

エピローグ～神楽坂《かぐらざか》で浜焼きを～

「チチュウカイ、ウオマル？」

「そう。浜焼きとか、海鮮料理が楽しめる店なんだ。もちろん、地中海料理もあるぞ」

「浜焼き！　地中海料理！」

利美の目がきらんと光る。彼女の期待に反応して、お腹がぐー、と鳴った。そこはまるで魚市場だった。

店の軒先には魚ケースが積まれていて、出入口には透明の分厚いビニールカーテンが引かれていた。

利美がくんくん鼻を動かすと、魚介のこんがり焼ける匂いが漂っている。

常盤が中に入り、店員に予約の旨を伝える。案内されたのはロフトになった二階席。テーブル席で、使いこまれた直火コンロが置いてある。どうやらこのコンロで好きな魚介を焼いて食べられるという、話題の店らしい。

生ビールをふたつ頼んでから、テーブルに置かれていたメニューに目を通す。なにを食べようかと利美が真剣に物色するうち、スタッフがお通しのエビと一緒に、中生ジョッキを持ってきた。

「『浜焼きの大盛』と『マグロの香草パン粉焼き』、『刺身の盛り合わせ』をください。松川は？」

「私も『浜焼きの大盛』を！　それから『魚介のパエリア』と……う、『ウニのフライパン焼き』を！」

若干声がうわずった。ウニなんて高級品を頼んでしまった。しかし思っていたより値段は手ごろだったので大丈夫だろうと心を落ちつかせる。ひとつくらい頼んでも罰は当たらないだろう。

オーダーを受けたスタッフがふたたび去っていく。ふたりは生ビールの入ったジョッキをかちんと合わせた。

「とりあえずひと段落、お疲れさま」

「お疲れさまです」

ぐびぐびと常盤がジョッキを傾ける。相変わらず彼は飲み方が潔い。男性らしい喉仏が上下し、みるみるとビールがなくなっていく。半分くらいを一気に飲みきって、ぷはあと気持ちよく息を吐いた。

「はーうめえ。やっぱ仕事が終わったあとの一杯は格別だなあ」

「本当に。あ、あのあとお見舞いに行ったら堀川さんにお礼を言われてしまいました」

「それはよかったな。京都特集にも掲載ＯＫとれたんだろ？」

「はい」

こくこくと冷たいビールを喉に流しこみ、利美は頷く。これでひと段落だ。仕事のあとに飲むビールはたしかにおいしいと感じるけれど、彼女は酒より食だった。つまるところ、早く魚介が食べたい。

「そんなにそわそわしなくても、すぐくるから。まずはお通しのエビから焼こう」

くっくっと常盤がおかしそうに笑いながら、トングを使ってエビを焼きはじめた。


今夜は、常盤と今回の仕事の打ちあげだ。ここに来る前、就業時間を過ぎた事務所で、パッケージツアーの企画書を目黒に提出した。

他のスタッフはすでに退勤し、ふたりきりの事務所で、目黒がクリアファイルを開いて内容を確認する。

「ん、うまくまとめてあるな。一応俺がチェック入れるから、あとで適当に修正してくれ」

「はい」

頷くと、目黒は書類を読みながらふっと小さく笑う。

「常盤はファミリー層向けにドライブ旅行の紹介。松川はパッケージツアーのプランニングか。てっきり俺は、担当が逆になると思っていたよ」

「おそらくですけど、常盤さんは私のために仕事を譲ってくれたんだと思います。その、これからの、ために」

遠慮がちに話す。〝これから〟という利美の言葉。それは……この仕事を続けるという意志の表明。

目黒がおもしろそうに、片眉をあげる。

「それはどういうことかな」

「……こういうことです」

内ポケットに入れていた白い封筒を取りだす。ボールペンで書かれた、簡素な辞表。ほんの一ヶ月前、悩みに悩んでこうするしかないと思いこみ、決意は決して覆さないと覚悟して書いた。

しかし、利美は真ん中でびりっと破り、ふたつ重ねてさらに破る。

「厚かましいのは重々承知しています。でも、引き続きここで、働かせてください。もうこんなことはしないとお約束します」

「そうか。まあ、なにかあるたび辞表書かれても困るからな。そう言ってもらえると、助かる」

そう言って、目黒は少し意地悪な顔をしてニヤリと笑った。利美は「ご迷惑をおかけしました」と頭をさげた。

「私は結局のところ、誰かから辞めないでくれと止めてもらいたかっただけなのかもしれません。自分でも呆れてしまうほどの甘ちゃん思考です……」

「フフ、まだ松川は若いんだから、多少甘ちゃんでも仕方ないさ。でも、俺があのとき辞めるなと言ったところで、きっと松川は聞かなかっただろ？」

「そうですね。でもそれは、目黒さんでも常盤さんでも同じだったと思います。ただ、思わぬ形で大きな気分転換をさせてもらいましたので、それが私にとって、いい方向に進むきっかけになったんだと思います」

目を閉じて思い出す。

数週間前に体験した、突然の一泊二日。すべては成りゆきの結果で、当時は旅行のつもりもなかったが、思い返すとやはりあれは〝旅行〟だったのだと思う。

サービスエリアの名物を味わい、壮大な自然美と、心洗われる寺院を見て、その地ならではのおいしい物をたくさん食べた。常盤に愚痴をこぼし、そして「辞めるなよ」と、言われた。

きっと自分がほしかったのはそれだったのだ。

「考えれば考えるほど、小さいことでずっと悩んでたんだなって思いました。それこそ自分の人生すら左右するほどの重大な苦悩だと思っていたのに、たった一泊二日の旅行と、愚痴を聞いてもらっただけで立ちなおることができたなんて、軽い悩みだったんですね」

「悩みなんざ、フタを開けてみりゃほとんどそうなんじゃないか？　俺だってチマチマしたことでいつも悩んだりしてるさ。でも、悩んでる最中は本当に真剣に、人生かけて悩むもんだ。そんで、解決したらつまんねえ悩みだったなって思ったりする。松川はたまたま、その苦悩が長引いたってだけだ」

だからもう気にするんじゃない、と目黒が笑った。本当にいい人に拾われたものだと、利美は心の中で感謝した。

香ばしく焼ける匂いに我に返った利美は、コンロの上のエビを見つめて言う。

「焼肉もですけど、目の前で食材が焼きあがるのを待つって楽しいですね」

常盤はエビのそばにサザエやホタテを置き、ころころとコンロにハマグリをのせていく。

「へえ、松川はそういうの待てる方なんだ」

常盤が話しながらビールを飲みきる。利美もビールを口にして不思議そうに首を傾げた。

「前に言ってただろ。移動時間なんて無駄だって。だから、こういう風に待つ時間は全部無意味に思っているんじゃないかって思ってた」

「……あ」

思い出す。常盤と初めて顔を合わせたあの日。

移動時間も大事な旅の思い出になる――。そう口にした常盤に、利美はそっけなかった。

客は一分一秒でも早く目的地に辿りつきたいはずで、移動時間など無駄以外の何物でもない、と。

「あれは、すみませんでした。本当は私、移動時間、嫌いじゃないです。電車からの眺めは好きですし、ビールは飲まないけど、車内販売のホットコーヒーとか、けっこう好きなんです。サービスエリアだって、楽しかったです」

「ふふ、そんな気はしてた。半分冗談だよ。ただ松川の口からそう言ってもらいたかったんだ」

「私、サービスエリアがあんなにも賑やかで、おいしいものがいっぱいあるなんて、知りませんでした」

「そうだな。俺もじっくり寄るのは初めてだったかもしれない。行きのサービスエリアもよかったけど、帰りもよかったよな。昼とちがって、独特の雰囲気があって」

「はい。帰り道に寄った静岡のサービスエリア、よかったですよね。真夜中のサービスエリアって、トイレと自動販売機しかないイメージだったんですけど」

「あれは俺もびっくりした！　最近は夜中もやってる店があるんだなあ」

常盤が頬杖をつきながら、エビを引っくり返す。パチン、と火花が散った。

利美達が帰り道で訪れたのは、『NEOPASA《ネオパーサ》静岡』だ。夜中だったので缶コーヒーを買おうと寄ったのだが、そこでは二十四時間営業している『天神屋《てんじんや》』というレストランがあり、名物の静岡おでんを食べることができた。

長距離ドライブで疲れた体がほっこりと癒される、優しい出汁の香り。静岡おでんの特徴的な具である、黒はんぺん……。

「全部おいしかったですけど、あの甘味噌と青のりと魚粉が入った〝出し粉〟がよかったですよねえ」

「それが静岡おでんの、いちばんの特徴だからな」

「黒はんぺんの魚を主張するような味に、青のりの風味が爽やかで、とろっと甘辛い味噌がキュッと味を引きしめているんですよね。もちろん大根や玉子にも合って、ああ、モッも甘味噌にぴったりでしたね。牛すじも、こんにゃくも」

「全部じゃないか」

くすくすと常盤が笑う。そんな話をするうちに、直火コンロから香ばしい匂いが漂ってきた。

常盤がトングを使って焼きたてのエビを利美の皿に入れた瞬間、端で焼いていたホタテがぱかっと口を開ける。

「お、ホタテもできたな。ほら、食えよ」

皿にのる、ほかほかのホタテとエビ。さっそく醤油を垂らすと、魚介の甘い香りと相まって、すばらしくおいしそうな匂いがした。

「なんか今から思うと、あの京都旅行はすごく非日常だったなあ」

唐突に話を変えた常盤に、利美は「え？」と首を傾げた。ざわざわした店で、彼は昔を懐かしむように頬杖をつく。

「あのあと、朝起きて会社行って打ち合わせに出て、そーいや俺の車、傷がついたんだよなーってディーラーに連絡して、修理の見積書に泣いたり、代車借りたりして仕事して」

ふう、と常盤がため息をつく。喉をしめらせるように軽く生ビールを飲み、テーブルに肘をかけながらトングでサザエをつついた。

「なんか、日常が戻った気がした」

「なるほど」

「あの一泊二日は、俺にとって特別だったんだなあって。ひとり旅もいいし、みんなでつるんで行く旅行もいいけど、こういう旅行もありだなあと思ったんだ」

「……え?」

「旅を共にして、人を知っていく旅行。俺はたくさんのことを、あの一泊から得た気がする。考えさせられることもあったし、知識として学ぶことも多くあった。大変だったし疲れたし、とくに車の修理代はめちゃくちゃ痛かったけど、結局あの旅行はよかったなって思えてる」

常盤の言葉に利美は目を伏せた。彼が皿にのせてくれたサザエのつぼ焼きを、なんとなく箸でいじる。

思い返してみれば、苦労した部分の方が多かった気がする。なのに、あの一泊二日旅行はとても楽しかった。自分の辛い過去と向き合ったりしたにもかかわらず。

最初は無表情で、態度もそっけなかった利美。そんな彼女に不快な顔もせず、常盤は話しかけてくれていた。仕事の話で空気が悪くなったこともあったのに、彼は利美を励まし、愚痴を聞き、優しい言葉をかけてくれた。

……すべては、目黒が常盤に頼んだからなのかもしれない。

それでも利美は救われた。あの妙な男達から逃げるときも、常盤がそばにいたから利美は取り乱すこともなく、箱を守りきることができた。

男達から逃げるときに摑まれた腕。繋いだ手。「松川」と呼ぶ常盤の鋭い声。

京都で経験したことを思い出すと、彼に握られた手首が唐突に熱を持った気がした。顔もぽかぽかしてきて、利美は慌ててビールを飲みきり、赤い顔で店員にサングリアを注文する。

「そういえば今度さ、俺、目黒さんの代理で本社の交流会に参加しなきゃいけないんだよ」

先ほどの旅行話はどこへやら。

話題を変えた常盤は切なくため息をつき、刺身をちびちび食べている。妙な動悸《どうき》に襲われていた利美はハッと顔をあげた。

「それで交流会のためにいろいろと地元の情報集めなきゃでさ。そういう訳で、今度休みに東京日帰りツアーに付きあってくれないか？」

「へ、どういう訳ですか？」

「ちょっとまあ、いろいろあるんだよ」

「東京で？」

利美は混乱する。今自分たちがいるここは、もちろん東京である。つまり、地元のツアーに参加するということだろうか。

「ちなみに企画俺、プランニング俺、運転手兼、添乗員も俺だけど」

「………………」

「そしてなんと、参加費用は特別サービスで俺持ちなのだが。どうだろう？」

それって……世間一般で言う〝デート〟ではないだろうか。

してしまう。

利美はぽかんとした顔を常盤を見つめ、せっかく食べようとしていたサザエを皿に落と

かーっ、と顔が赤くなる。

「あの、ど、どうして」

「どうしてって、松川がかわいいからだよ」

「ま、またそれ！　私、冗談が通じない性格だって常盤さんもご存知ですよね？」

「もちろん」

「じゃあ、そ、そういう意味で……とっちゃいますよ？」

「喜んで」

にっこりと、利美をまっすぐに見て微笑む。そうだ、この男は好意をストレートに口にするのだった。

急激にいたたまれなくなり、利美は慌てたようにサザエを口に入れる。ほろ苦いキモと、甘い貝の味わい。磯の香りに混じった炭の匂いと醬油の最高のハーモニー。

文句なくおいしい。けれど、大好きなサザエの味が具体的に表現しきれない。どうしよう。このままだと、奮発して頼んだウニ焼きの味すら、頭が回らなくて堪能できなくなるかもしれない。

利美は冷静さを取り戻そうと、ぱくぱくと刺身を食べて、ちらりと常盤を窺う。

彼は、笑っている。

「わっ、私、ちょろくないですからね」

いまさら感が満載だが、言っておく。

「知ってる」

常盤はトングを使ってカキを焼き、少しつった目を優しく細めるのだった。

あとがき

こんにちは。桔梗楓と申します。

本作品を読んでいただき、誠にありがとうございました。これから読むつもりという方は、ぜひともよろしくお願い致します。

この物語は、前々から書いてみたいと思っていた話を、形にしたものになります。

私は、今は関東に住んでいますが、生まれ育ったのは京都です。

京都に住んでいた頃は、特別なにかを感じることはなかったのですが、離れてみてようやく故郷に愛着のような気持ちを覚えました。

年に一回の帰省は、新幹線や乗用車、ときどき飛行機で移動しています。

その度に、日本って細長い国だなあと実感します。移動は疲れるので、早く目的地に着きたいと思うものの、同時に帰省の道中は嫌いではありません。

サービスエリアに寄るのは楽しく、食べ歩きも好きです。新幹線や高速道路、そして空から眺める景色も、楽しいです。

そんな旅の道中の魅力、そして故郷である京都の魅力を伝えたい。

また、サスペンスドラマが大好きなので、その要素も取り入れて、本作品ができあがりました。

書籍化にあたり、モデルとして参考にしていたお店を、実名で紹介してみましょうという話になりました。

断られることも多いだろうな、と思っていたのに、懐深いお店に恵まれ、たくさんのお店を紹介することができました。

実際に許可を取ってくださった編集担当の方、そして、許可をくださったお店の方々には、感謝してもしたりないほどです。中には、本を読むのが楽しみとおっしゃってくださった方もいらっしゃいました。とても嬉しく、少しでもグルメの魅力につながれば、と頑張りました。まだまだ力不足で伝えきれていないところもありますが、もしサービスエリアに寄ることがあれば、そして京都へ旅行する機会があれば、この小説に書かれていたお店があったことを思い出していただけたら光栄です。

利美の苦悩は、社会人になれば誰でも一度はつまずくことではないかと思いながら、書いていきました。自分の力で乗り越えなければならないものと、ときには誰かを頼って乗り切っていくもの。仕事をするということのあり方を、私なりに表現してみました。

少しでも誰かの心に残ることができたら、幸いです。

それでは、またどこかで。

物語を通して出会えることを願っています。

お世話になったみなさま【敬称略】

東京都

『CHICHUKAI UOMARU《チチュウカイウオマル》 神楽坂店』

神奈川県

『EXPASA海老名』、『らーめん ゑびな軒』『そば処 信濃』『メロンパンと焼きたてパンの「ぽるとがる」』（西洋フード・コンパスグループ株式会社）、『小田原 吉匠（株式会社小田原吉匠総本店）』、『CREMIA《クレミア》（日世株式会社）』

静岡県

『EXPASA足柄』、『NEOPASA静岡』、『ドライバーズ・スポット 天神屋（株式会社天神屋）』

愛知県

『ウァン 刈谷オアシス店（株式会社まる天　ウァン部）』、『ザめしや 刈谷ハイウェイオアシス店（株式会社ライフフーズ）』、『虎屋ういろ 刈谷ハイウェイオアシス店（虎屋ういろ株式会社）』、中日本高速道路株式会社

三重県

『大山田ＰＡ』、『大山田ＰＡ下り スナックコーナー』

滋賀県

『菩提寺ＰＡ』、『菩提寺ＰＡ下り スナックコーナー・フードコート』

京都府
『味乃家』、『甘春堂 嵯峨野店（株式会社甘春堂）』、『京極かねよ』、『京料理 おきな』、『琴きき茶屋』、『嵯峨豆腐 森嘉』『天下一品 1号線下鳥羽店（株式会社天一食品商事）』、『鳥せゑ 四条木屋町店（鳥せい フランチャイズシステムズ）』、『中村屋 総本店』、『パンドブルー 京都太秦店（KEIJI ART株式会社）』

掲載を許諾していただいたみなさま、ご協力いただいた方々、上記以外にもお世話になった方々、本当にありがとうございました。

この物語はフィクションです。
実在の人物、団体等とは一切関係がありません。
刊行にあたり『第2回お仕事小説コン』優秀賞受賞作品、
『ツアープランはサスペンス』を改題・加筆修正しました。

桔梗楓先生へのファンレターの宛先

〒101-0003　東京都千代田区一ツ橋2-6-3　一ツ橋ビル2F
マイナビ出版　ファン文庫編集部
「桔梗楓先生」係

ファン文庫

おいしい逃走《ツアー》！　東京発京都行

～謎の箱と、SA《サービスエリア》グルメ食べ歩き～

2017年3月20日　初版第1刷発行

著　者　桔梗楓
発行者　滝口直樹
編集　水野亜里沙（株式会社マイナビ出版）　鈴木希
発行所　株式会社マイナビ出版
〒101-0003　東京都千代田区一ツ橋二丁目6番3号　一ツ橋ビル2F
TEL 0480-38-6872（注文専用ダイヤル）
TEL 03-3556-2731（販売部）
TEL 03-3556-2733（編集部）
URL http://book.mynavi.jp/

イラスト　マキヒロチ
装　幀　AFTERGLOW
フォーマット　ベイブリッジ・スタジオ
DTP　株式会社エストール
印刷・製本　図書印刷株式会社

 ISBN978-4-8399-6147-3
Printed in Japan